In unseren Veröffentlichungen bemühen wir uns, die Inhalte so zu formulieren, dass sie Frauen und Männern gerecht werden, dass sich beide Geschlechter angesprochen fühlen, wo beide gemeint sind, oder dass ein Geschlecht spezifisch genannt wird. Nicht immer gelingt dies auf eine Weise, dass der Text gut lesbar und leicht verständlich bleibt. In diesen Fällen geben wir der Lesbarkeit und Verständlichkeit des Textes den Vorrang. Dies ist ausdrücklich keine Benachteiligung von Frauen oder Männern.

Dieser Titel ist entstanden in Zusammenarbeit mit der Deutschen Bibelgesellschaft, www.die-bibel.de.

Impressum

ejw Evangelisches Jugendwerk in Württemberg

buch+musik ejw-service gmbh, Stuttgart
www.ejw-buch.de
ISBN 978-3-86687-288-2

Deutsche Bibelgesellschaft, Stuttgart
www.die-bibel.de
ISBN 978-3-438-06099-0

Neukirchener Verlagsgesellschaft mbH, Neukirchen-Vluyn
www.neukirchener-verlage.de
ISBN 978-3-7615-6761-6

Lektorat: buch+musik – Marlen Bleiholder, Stuttgart
Umschlaggestaltung: buch+musik – Daniela Buess, Stuttgart
Gestaltung und Satz: buch+musik – Daniela Buess, Stuttgart
Bildrechte Umschlag und Inhalt: iStock: billnoll, hudiemm, Olga Lebedeva
Bildrechte Autorenfotos: Bernard: Maximilian Naujoks, Rutesheim /
Braun: Julian Meinhardt, Stuttgart / Garbers: Annette Plaz, Berlin /
Mohnfeld: Marc Schwips, Filderstadt / Niekler: CVJM Westbund e. V. /
Schwarz: Heidi Frank, Stuttgart / andere: bei den Autoren
Druck und Gesamtherstellung: Eberl & Kœsel GmbH & Co. KG, Altusried-Krugzell

Dieter Braun | Stephanie Schwarz (Hg.)

BIBEL ECHT JETZT

40 x Alltag

buch+ musik

neukirchener

DEUTSCHE BIBEL GESELLSCHAFT

INHALTSVERZEICHNIS

EINLEITUNG

BIBEL, echt jetzt?

Sie ist ein Phänomen. Kein Buch wurde so oft gelesen wie die Bibel. Sie ist das meistgedruckte, das am häufigsten übersetzte und das am weitesten verbreitete Buch der Welt.
Wobei sie genau genommen kein einheitliches Buch ist. Eher eine kleine Bibliothek: Sie besteht aus 77 verschiedenen Büchern. Die wurden über viele Jahrhunderte hinweg von unterschiedlichen Menschen verfasst und kommen auf den ersten Blick etwas holprig daher – mal wirkt diese Bibel-Bibliothek fremd, mal widersprüchlich und ein anderes Mal brutal und unverständlich.

Aber das ist bei Weitem nicht alles: Die Bibel erzählt auch große Geschichten. Sie erzählt von Hoffnung und von Neuanfängen, von Liebe und von zweiten Chancen. Und damit ist die Bibel ein bisschen wie das Leben selbst.
Natürlich stammt ihre Sprache aus anderen Zeiten. Aber ihr Inhalt ist zeitlos. Und sie scheut sich nicht vor den ganz großen Themen:

- Wofür lohnt es sich zu leben?
- Wie finde ich meinen Platz in der Welt?
- Worauf ist Verlass?
- Und was hat Gott mit all dem zu tun?

Bis heute lesen Menschen in der **BIBEL** und auch, wenn sie es für unwahrscheinlich gehalten haben, ereignet sich oft etwas **ECHT**es. Sie werden herausgefordert, ermutigt, getröstet und zum Nachdenken gebracht. Sie finden Kraft, Frieden und Orientierung. Sie machen die Erfahrung: in den alten und doch irgendwie aktuellen Worten der Bibel spricht Gott zu mir. **JETZT**.

Die Bibel – sie ist ein außergewöhnliches Phänomen. Und heute ist ein guter Tag, um das zu entdecken! Echt jetzt!

Dieter Braun, Stephanie Schwarz

Etwas ECHTes

Weihnachten 2001: „Für Christian, von Mama & Papa, für dein Engagement in der christlichen Jugendarbeit."
Meine Eltern hätten wohl nie erwartet, dass ihr Weihnachtsgeschenk solche Wellen in meinem Leben schlagen würde. Warum auch, es ist ja „nur" ein Buch, könnte man meinen.

Ich benutze meine erste Bibel bis heute. Also auch jetzt noch. Ich lese darin für mich, für meine Arbeit, mache Entdeckungen, stelle Fragen und komme immer noch ins Staunen. Sie ist ein Buch, das in das Leben eines Menschen hineinsprechen kann, weil sie uns Jesus vorstellt. Ihn kennenzulernen kann Leben verändern.

Jesus in mein Leben einzuladen war die beste Entscheidung meines Lebens und ich hätte sie nie treffen können ohne meine Bibel.
Vielleicht bemerkst du in diesem Moment: „Oh, in meinem Regal steht auch eine **BIBEL**!" – unbenutzt, eingestaubt, vergessen. Das macht nichts! **ECHT**! Vielleicht ist ja der Zeitpunkt gekommen, sie rauszuholen? **JETZT**?!

Das zu tun, könnte Wellen in deinem Leben schlagen! Damit dieser Schritt nicht zu einem Sprung ins Leere wird, haben wir dieses Buch geschrieben.

JETZT geht's los!

Zehn leidenschaftliche Bibelleserinnen und Bibelleser werfen in diesem Buch einen Blick in ausgewählte Texte der **BIBEL**. Wir machen uns gemeinsam mit euch auf den Weg, um zu erfahren, wie Gottes Perspektive auf diese Welt aussieht und wie sie den Blick auf die Welt und unsere Mitmenschen verändern könnte.

Tag für Tag messen wir uns an Vorgaben und aneinander, fragen, was **ECHT** ist: Warum legen wir eigentlich welchen Maßstab an? Hat Gott eine Vorstellung, wie die Dinge zu laufen haben? Oder sind wir Menschen ihm egal?

Lässt es Gott kalt, wenn **JETZT**, in unserem Leben, Situationen entstehen, von denen wir nicht wissen, wie wir sie überstehen sollen? Interessiert er sich für uns, wenn wir scheitern? Kann Gott aushalten, dass ich gut in etwas bin?

Das hier ist kein Buch, das dir die Bibel erklärt oder dir sagt, wie du dein Leben zu gestalten hast. Nein – es geht darum, dass du dich selbst mit der Bibel auseinandersetzt: Hinterfrage, was du liest, denk nach und rede mit Menschen in deinem Umfeld über das, was du in der Bibel entdeckst. Kurz: Überprüfe die **BIBEL** auf ihre **ECHT**heit – **JETZT**! Im Buch findest du immer wieder Notizseiten, wo du deine Gedanken aufschreiben kannst. Oder du benutzt dafür einfach ein extra Notizbuch.

Neben den Beiträgen in diesem Buch gibt es jeweils zu einem Beitrag jeder Autorin und jedes Autors ein Interview. Das sind ungeschnittene, authentische Gespräche, in denen du die Person hinter dem Text ein bisschen kennenlernst und echte, kantige Antworten auf spannende Fragen bekommst. Diese Interviews findest du bei Soundcloud in der Playlist „BIBEL ECHT JETZT" unter dem Link bumlnk.de/bej-interviews. Die Beiträge, zu denen es ein solches Interview gibt, sind hier im Buch entsprechend markiert.

Was wird wohl passieren, wenn du dich **JETZT** auf das Abenteuer **BIBEL** einlässt? Möglicherweise stellt sich heraus: „Die Geschichte Gottes ist **ECHT**."

Christian Bernard und das Team von
BIBEL ECHT JETZT

Themenseite:

BIBEL – ECHT JETZT?!

Was ist die Bibel

und warum sollte ich sie lesen?

Was ist die Bibel?

Die Bibel ist eigentlich kein einzelnes Buch, sondern eine ganze Bibliothek. Sie enthält eine Sammlung von Büchern unterschiedlicher Genres. In ihnen kannst du entdecken, wer Gott ist und was Menschen mit ihm erlebt haben. Die Bibel besteht aus zwei Teilen: dem Alten und dem Neuen Testament. Im Alten Testament geht es um die Geschichte des Volkes Israel und den Weg, den es mit Gott gegangen ist. Das Neue Testament handelt von Jesus Christus und beleuchtet, was er für den einzelnen Menschen und für die ganze Welt bedeutet.

Die Schriften der Christenheit sind ohne die hebräische Bibel überhaupt nicht denkbar und zum Teil auch nicht zu verstehen.

So wie es verschiedene Filmgenres wie z. B. Action, Science-Fiction oder Comedy gibt, finden sich auch in der Bibel verschiedene Sorten von Texten. Es gibt Geschichtsbücher, Lieder, Gedichte, Briefe und noch vieles mehr.

Wie ist die Bibel entstanden?

Die ersten Gemeinden, die nach dem Tod und der Auferstehung von Jesus entstanden, wussten nur wenig darüber, wie das christliche Leben eigentlich aussehen sollte. Sie orientierten sich zunächst an den Heiligen Schriften des Judentums (unserem Alten Testament) und an den Erzählungen über die Worte und Taten von Jesus.

Das Alte Testament basiert auf Geschichten, die lange mündlich weitergegeben wurden. Als das Volk Israel im Exil war, wurde es wichtig, die Gesetze und Geschichten aufzuschreiben. Nach und nach wurde zusammengestellt, was wir heute das Alte Testament nennen.

Die ersten Christinnen und Christen hielten die Worte und Taten von Jesus zunächst nicht schriftlich fest, weil sie das Ende der Welt erwarteten. Erst später machten es sich einige zur Aufgabe, die Erzählungen aufzuschreiben. Daneben gab es Briefe an die ersten christlichen Gemeinden, z. B. vom Apostel Paulus. In ihnen geht es darum, wie das Leben in der Gemeinde und als Christin/Christ aussehen sollte.

Nach dem ersten Jahrhundert n. Chr. tauchten weitere Schriften auf, die für Verwirrung sorgten. Im Jahr 367 stellte der Bischof Athanasius eine Liste von Büchern und Briefen zusammen, die er für vertrauenswürdig hielt. Sie wurde in mehreren Bischofsversammlungen bestätigt. Seither bilden diese Bücher den sogenannten Kanon (= „Maßstab“) des Neuen Testaments.

Warum sollte ich die Bibel lesen?

Die Bibel enthält viele spannende Geschichten über Menschen, die Gott vertraut haben. Du findest hier außerdem Antworten auf viele deiner Fragen – ob es um Beziehungen, den Sinn des Lebens oder um den Umgang mit Schwierigkeiten geht. Was in der Bibel steht, hat schon vielen Menschen geholfen und sie verändert. Die biblische Botschaft handelt von Hoffnung, Liebe, Freiheit und Vergebung. Du erfährst, wer Gott ist, wie sehr er uns liebt und was das für unser Leben bedeutet. Die Bibel ist eines der bedeutendsten historischen Dokumente aller Zeiten. Sie verändert seit Tausenden von Jahren das Leben von Menschen – bis heute.

anfangen

Für den ersten Schritt liefern wir dir alles:
den Bibeltext und eine Vertiefung.

DIE ERSCHAFFUNG DER WELT

1 Mose / Genesis

1
[1] Am Anfang erschuf Gott Himmel und Erde.
[2] Die Erde war wüst und leer,
und Finsternis lag über dem Urmeer.
Über dem Wasser schwebte Gottes Geist.
[3] Gott sprach: „Es soll Licht werden!"
Und es wurde Licht.
[4] Gott sah, dass das Licht gut war,
und Gott trennte das Licht von der Finsternis.
[5] Er nannte das Licht „Tag" und die Finsternis „Nacht".
Es wurde Abend und wieder Morgen – der erste Tag.

[Nach weiteren fünf Schöpfungsabschnitten
berichtet die Bibel Folgendes:]

[26] Gott sprach:
„Lasst uns Menschen machen – unser Ebenbild,
uns gleich sollen sie sein!
Sie sollen herrschen über die Fische im Meer
und die Vögel am Himmel,
über das Vieh und die ganze Erde,
und über alle Kriechtiere auf dem Boden."
[27] Gott schuf den Menschen nach seinem Bild.
Als Gottes Ebenbild schuf er ihn,
als Mann und Frau schuf er sie.
[28] Gott segnete sie und sprach zu ihnen:
„Seid fruchtbar und vermehrt euch!
Bevölkert die Erde und nehmt sie in Besitz!
Herrscht über die Fische im Meer
und die Vögel in der Luft
und über alle Tiere, die auf dem Boden kriechen!"

[Wenige Verse später berichtet die Bibel Folgendes:]

[31] Gott sah alles an, was er gemacht hatte:
Es war sehr gut.
Es wurde Abend und wieder Morgen – der sechste Tag.

2
[1] So wurden Himmel und Erde vollendet
mit allem, was darin ist.

WOHER?

Dieter Braun

Von unserer Herkunft
1 Mose / Genesis 1,1–2,4

Jetzt Bibeltext lesen!

Es ist Sommer. Ich sitze am Strand und schaue aufs Meer hinaus. Der Wind, der warme Sand, das unfassbar große Meer, die Sonne, die Wolken am Himmel, kreischende Möwen, Menschen, die Sandburgen bauen und im Wasser planschen ...
Wo kommt das eigentlich alles her? Ist es einfach zufällig so geworden? Oder hat das jemand genau so gewollt?

Die Bibel erzählt auf ihrer ersten Seite: „Am Anfang erschuf Gott Himmel und Erde" (V. 1). Hört sich einfach an. Aber ist das so? Wie will Gott das gemacht haben?
Nur zwei Verse später beschreibt die Bibel das so: „Gott sprach: »Es soll Licht werden!« Und es wurde Licht" (V. 3). Wenn das stimmt, dann ist Gott wirklich erstaunlich. Dann ändert sich etwas allein dadurch, dass er redet. Dann entstehen Dinge neu, weil er sie gedacht hat, weil er sie will und ausspricht. Und nicht nur Dinge – auch alle Lebewesen und nicht zuletzt wir Menschen. Und tatsächlich: Ein paar Zeilen nach der Erschaffung des Lichts wird berichtet: „Gott schuf den Menschen" (V. 27).

Ist das unser Ursprung? Hat Gott uns erdacht und ins Leben gebracht? Plötzlich sehe ich die Menschen, die am Strand umherlaufen, in einem ganz anderen Licht. Leben sie alle nur, weil Gott sie gewollt hat?
Sofort fühle ich Widerstand. „Blödsinn! Ich habe an manchen Stellen in der Schule geschlafen, aber nicht im Aufklärungsunterricht. Alle, die da vor mir am Strand herumlaufen sind doch die Folge einer ganz menschlichen Liebesgeschichte."

„Oder …“, kommt es mir plötzlich in den Sinn, „… geht es da um die Folge zweier Liebesgeschichten? Gibt es mich, weil meine Eltern sich geliebt haben – und auch, weil Gott mich gewollt hat und liebt, bis zu diesem Augenblick?“

Jetzt ist es vorbei mit meiner inneren Ruhe. Es ist, als hätte ich eine bahnbrechende Entdeckung gemacht. Ich lege meine Hand dorthin, wo ich glaube, dass mein Herz ist. Ich spüre den regelmäßigen Rhythmus. Der Gedanke ist so simpel – aber jetzt, in diesem Moment, unfassbar überzeugend für mich.

Ich weiß, dass ich das Kind meiner Eltern bin. Aber dass mein Herz immer noch schlägt, dafür können meine Mutter und mein Vater ganz sicher nichts mehr. Aber wer dann? Plötzlich scheint mir alles ganz klar: Dass mein Herz schlägt, das ist mit jedem Schlag das „Ja“ Gottes zu meinem Leben. Er will mich. Er hat mich immer gewollt. Ich bin doppelt gewollt: von Gott und meinen Eltern.

Woher wir kommen? Im besten Fall sind wir die Folge zweier Liebesgeschichten: Die von unseren Eltern mag manchmal fraglich sein. Die von Gott zu uns ist es nie. Es lohnt sich, die ersten Seiten der Bibel ganz zu lesen (1 Mose / Gen 1,1–2,4). Am Ende steht: „Gott sah alles an, was er gemacht hatte: Es war sehr gut“ (V. 31).

So wurden Himmel und Erde geschaffen. Und wir auch.

Stell dich vor einen Spiegel. Sieh dich an. Nimm einen Dekostift und schreib es direkt auf den Spiegel: „Sehr gut!“ Dieses Urteil über dein Leben hat Gott nie zurückgenommen.

DIE VERBANNUNG AUS DEM PARADIES

1 Mose / Genesis

3
1 Die Schlange war schlauer
als alle anderen Tiere des Feldes,
die Gott der HERR gemacht hatte.
Sie sagte zu der Frau:
„Hat Gott wirklich gesagt,
dass ihr von keinem der Bäume im Garten
essen dürft?"
2 Die Frau erwiderte der Schlange:
„Von den Früchten der Bäume im Garten
dürfen wir essen.
3 Nur die Früchte von dem Baum,
der in der Mitte des Gartens steht,
hat Gott uns verboten.
Er hat gesagt:
‚Esst nicht davon, berührt sie nicht einmal,
sonst müsst ihr sterben!'"
4 Die Schlange entgegnete der Frau:
„Ihr werdet ganz bestimmt nicht sterben.
5 Denn Gott weiß:
Sobald ihr davon esst, gehen euch die Augen auf.
Ihr werdet wie Gott sein
und wissen, was Gut und Böse ist."
6 Da sah die Frau, dass dieser Baum zum
Essen einlud.
Er war eine Augenweide und verlockend,
weil er Klugheit versprach.
Sie nahm eine Frucht und biss hinein.
Dann gab sie ihrem Mann davon, und auch er aß.
7 Da gingen den beiden die Augen auf,
und sie erkannten, dass sie nackt waren.
Sie banden Feigenblätter zusammen
und machten sich Lendenschurze.
8 Als am Abend ein kühler Wind blies,
ging Gott der HERR im Garten umher.
Der Mann und seine Frau hörten ihn kommen.
Da versteckten sie sich vor Gott dem HERRN
zwischen den Bäumen im Garten.
9 Gott der HERR rief den Menschen
und fragte: „Wo bist du?"
10 Der Mensch antwortete:
„Ich habe dich im Garten gehört und Angst
bekommen.
Ich habe mich versteckt, weil ich nackt bin."
11 Gott fragte:
„Wer hat dir gesagt, dass du nackt bist?
Hast du von dem verbotenen Baum gegessen?"

[Einige Verse später berichtet der Text,
wie katastrophal die Sache endete:]

23 Da schickte Gott der HERR [den Menschen]
aus dem Garten Eden weg.
Er musste von nun an den Ackerboden bearbeiten,
aus dem er gemacht war.

TRÄUMER!

Dieter Braun

Von einem Wunschtraum
1 Mose / Genesis 3,1-24

Jetzt Bibeltext lesen!

Träumen ist etwas Großartiges. Ein Viertel seines Lebens verbringt ein Mensch träumend. Nacht für Nacht erzeugt unser Gehirn schräge Szenen, unlogische Bilder und flüchtige Gedanken, die in den meisten Fällen schnell wieder vergessen werden. Eigentlich eine grandiose Einrichtung. Denn unser Gehirn verarbeitet nachts durch Träume, was gestern war und bereitet uns – so gut wie möglich – auf den nächsten Tag vor.

Träumen ist etwas Großartiges. Meistens. Denn manche Träume hinterlassen mehr als nur einen schlechten Geschmack im Mund. Wie die Träume in der Nacht gaukelt uns auch mancher Tagtraum Wirklichkeiten vor, die uns ganz schön ins Schleudern bringen können – weil sie zwar Teile der Wirklichkeit aufnehmen, unterm Strich aber mit der Wirklichkeit gar nichts zu tun haben.

So ist es auch mit dem Traum, von dem die Bibel am Anfang erzählt. Er ist so alt wie die Menschheitsgeschichte. Wir Menschen träumen manchmal davon, wie Gott zu sein. So klug, so weise, so mächtig. Wäre das nicht großartig, wenn wir unser Leben selbst im Griff hätten? Wenn wir alles durchschauen würden und genau wüssten, was gut und was böse ist? Wir würden nie wieder falsche Entscheidungen treffen, würden jeden Menschen durchschauen und wüssten immer, ob es ein anderer gut oder schlecht mit uns meint. Wir würden uns nie wieder verlaufen auf der Suche nach dem richtigen Weg für unser Leben. Das wäre absolut faszinierend.

Die Bibel erzählt uns in einer anschaulichen Geschichte, wie schon die ersten Menschen diesem Wunschtraum verfallen. Obwohl es ihnen gut geht, erliegen sie dem Reiz, selbst Gottes Rolle einzunehmen. Und ehe der es sich

versieht, zetteln die Menschen einen Aufstand gegen ihn an. Sie kümmern sich einfach nicht mehr um das, was Gott ihnen zuvor gesagt hat.
Bis heute hat sich daran nichts geändert. Wir wissen zwar, dass es Gutes und Böses gibt. Das Dumme ist nur: Wir können es nicht wirklich unterscheiden. Wir versuchen eine Entscheidung zu treffen. Wägen alles gut ab. Dann entscheiden wir – und merken manchmal wenig später: Es war falsch! Der Schuh, den wir Menschen uns angezogen haben, ist uns viel zu groß. Wir sind nicht Gott. Wir tun nur so.

Schöner Mist. Was nun? Klug wäre jetzt, den Wunschtraum, wie Gott zu sein, aufzugeben und Gott wieder die Rolle in unserem Leben zu geben, die nur er ausfüllen kann. Welche Rolle das ist und wie das geht, davon erzählt der Rest der Bibel.

Dieses Buch ist also viel mehr als nur eines unter vielen. Denn wenn stimmt, was da steht, dann hilft uns der Inhalt dieses alten Buches aus einer richtig verzwickten Situation heraus.

Du musst etwas entscheiden in deinem Leben und weißt nicht wie? Nimm dir ein paar Minuten Zeit, erzähl es Gott und bitte ihn, dir zu zeigen, welches der richtige Weg für dich ist.

KAIN ERSCHLÄGT ABEL

1 Mose / Genesis

4
1 Adam schlief mit seiner Frau Eva.
Sie wurde schwanger und brachte Kain zur Welt.
Da sagte sie:
„Mithilfe des HERRN habe ich einen Sohn bekommen."
2 Danach brachte sie seinen Bruder Abel zur Welt.
Abel wurde Hirte und Kain wurde Ackerbauer.

3 Eines Tages brachte Kain dem HERRN
von dem Ertrag seines Feldes eine Opfergabe dar.
4 Auch Abel brachte ein Opfer dar:
die erstgeborenen Tiere seiner Herde und ihr Fett.
Der HERR schaute wohlwollend auf Abel und sein Opfer.
5 Doch Kain und sein Opfer
schaute er nicht wohlwollend an.
Da packte Kain der Zorn
und er blickte finster zu Boden.
6 Der HERR fragte Kain:
„Warum bist du so zornig,
und warum blickst du zu Boden?
7 Ist es nicht so: Wenn du Gutes planst,
kannst du den Blick frei erheben.
Hast du jedoch nichts Gutes im Sinn,
dann lauert die Sünde an der Tür.
Sie lockt dich, aber du darfst ihr nicht nachgeben!"

8 Kain sagte zu seinem Bruder Abel:
„Lass uns aufs Feld gehen!"
Als sie auf dem Feld waren,
fiel Kain über seinen Bruder Abel her und erschlug ihn.
9 Da sagte der HERR zu Kain:
„Wo ist dein Bruder Abel?"
Kain antwortete: „Das weiß ich nicht.
Bin ich dazu da, auf meinen Bruder achtzugeben?"
10 Der HERR entgegnete ihm:
„Was hast du getan?
Das Blut deines Bruders schreit vom Ackerboden zu mir [...]."

MEINS!

Dieter Braun

Von der Angst, zu kurz zu kommen
1 Mose / Genesis 4,1-16; 1 Mose / Genesis 11,1-9

Jetzt Bibeltext lesen!

Es gibt Dinge, in denen sind wir großartig. Die können wir richtig gut. Zum Beispiel: Uns vergleichen! Das funktioniert erstaunlicherweise ohne große Anstrengung.
Die Fragen ploppen einfach in unserem Kopf auf: Wie sehe ich im Vergleich zu XY aus? Bin ich auch so cool angezogen wie XY? Wie viele Follower hat XY im Vergleich zu mir? Bin ich sportlich genug? Mögen mich die anderen? Und was, wenn nicht?

Kaum etwas nagt so sehr an uns wie die Sorge, beim Gerangel um einen guten Platz im Ranking zu kurz zu kommen. Dass Social Media dazu einen erheblichen Beitrag leisten, mag sein. Fakt ist aber auch: Die Vergleicherei ist viel älter als das Internet. Die Bibel erzählt uns schon auf ihren ersten Seiten davon:
Kain und Abel – die beiden ersten Söhne von Adam und Eva – leben als Hirte und Ackerbauer. Eigentlich könnten sie sich ideal ergänzen. Stattdessen werden sie zu erbitterten Rivalen. Sogar vor Gott. Der freut sich über das Opfer von Abel, aber das Opfer von Kain gefällt ihm nicht. Die Bibel berichtet nicht, warum das so ist.
Jedenfalls wird Kain richtig sauer. Er fühlt sich ungerecht behandelt, schäumt vor Wut. Er lockt seinen Bruder Abel in eine Falle und erschlägt ihn. Der Neid unter den Menschen ist geboren – und Abel ist sein erstes Opfer. Seitdem hat der Neid sich wie ein Krebsgeschwür durch alle Generationen der Menschheitsgeschichte gefressen. Und er wird auch vor uns nicht automatisch Halt machen.

Warum ist das so? Kann es ein, dass wir Menschen mit dem Paradies viel mehr verloren haben, als wir dachten? Haben wir dadurch, dass wir sein wollten wie Gott, auch das Gespür dafür verloren, wie Gott zu uns steht und wie wichtig wir ihm sind?

Die Menschen haben – nachdem sie aus dem Paradies geflogen sind – viel unternommen, um vor Gott gut dazustehen. Manche haben getrickst, wollten Gott um den kleinen Finger wickeln. Kain hat versucht, die Konkurrenz aus dem Weg zu räumen in der Hoffnung, dann bei Gott bessere Karten zu haben. Andere haben ganz und gar auf Gott gepfiffen und versucht, vor den anderen Menschen möglichst gut dazustehen. Erfolgreich waren sie alle nicht.

Das einzige, was uns Menschen letztlich hilft Ansehen zu bekommen, ist, wenn wir uns klarmachen, dass wir in Gottes Augen sehr gut sind – die Art, wie Gott uns ansieht, gibt uns Ansehen. Gott ist stolz darauf, dass wir sind, wie wir sind. Jede und jeder einzelne ein Original aus seiner Werkstatt.

Such dir einen Ort, wo es ruhig ist. Stell dich hin. Schließ die Augen. Heb den Kopf. Breite deine Arme aus und fang an zu beten. Ganz schlicht. Nur zwei Sätze. Sprich sie leise und langsam aus: „Herr, du siehst mich! Danke, dass du mich liebst!" Und dann halte ein paar Augenblicke inne. Saug es auf wie ein Schwamm. Denn es ist wahr!

GOTT BERUFT ABRAHAM

1 Mose / Genesis

12
1 Der HERR sagte zu Abram:
„Verlass dein Land, deine Verwandtschaft
und das Haus deines Vaters!
Geh in das Land, das ich dir zeigen werde!
2 Ich will dich zum Stammvater
eines großen Volkes machen.
Ich will dich segnen
und deinen Namen groß machen,
sodass du ein Segen sein wirst.
3 Ich werde die segnen, die dich segnen.
Wer dir aber Böses wünscht, den werde ich verfluchen.
Alle Völker der Erde
sollen durch dich gesegnet werden."
4 Da ging Abram los,
wie der HERR es ihm befohlen hatte.
Lot ging mit ihm.

Abram war 75 Jahre alt, als er Haran verließ.
5 Er nahm seine Frau Sarai mit
und Lot, den Sohn seines Bruders.
Auch ihr ganzes Hab und Gut nahm er mit.
Dazu kamen die Leute,
die sie in Haran hinzugewonnen hatten.
So brachen sie auf, um in das Land Kanaan zu gehen.
Nachdem sie Kanaan erreicht hatten,
6 zog Abram weiter durch das Land.
Es war zu dieser Zeit von den Kanaanitern bewohnt.
Abram kam bis zu der Stelle bei Sichem,
wo die Orakeleiche steht.
7 Da erschien der HERR dem Abram und sagte:
„Dieses Land werde ich deinen Nachkommen geben."
Daraufhin baute Abram dort einen Altar
für den HERRN, der ihm erschienen war.
8 Dann zog er weiter
in das Gebirge östlich von Bet-El.
Zwischen Bet-El im Westen und Ai im Osten
schlug er sein Zelt auf.
Auch dort baute er einen Altar für den HERRN
und rief den HERRN bei seinem Namen an.
9 Dann brach Abram auf
und zog immer weiter nach Süden.

WOHIN?

Dieter Braun

Achtung Interview!

bumlnk.de/
bej-wohin

Vom richtigen Weg
1 Mose / Genesis 12,1-9

Jetzt Bibeltext lesen!

Früher musste sich der Sohn eines Müllers nicht viele Gedanken über seinen späteren Beruf machen – er wurde selbstverständlich auch Müller. Wer eine Schneiderin zur Mutter hatte, wurde mit hoher Wahrscheinlichkeit Schneiderin. Und wer auf einem Bauernhof aufwuchs, dessen Weg führte geradewegs in die Landwirtschaft. Da gab es nicht viel zu überlegen. Das war eben so. Punkt.

Heute ist das total anders. Zum Glück! Denn heute kann nahezu jede und jeder bei uns den Beruf ergreifen, der zu ihren oder seinen Begabungen und Fähigkeiten passt. Und das betrifft nicht nur den Beruf, sondern alle Bereiche unseres Lebens. Wir können frei entscheiden, welche Wege wir einschlagen, welche Ziele wir verfolgen und was wir auf keinen Fall tun wollen.

Hört sich klasse an. Es gibt nur einen Haken: All das muss man nun auch entscheiden. Und das ist gar nicht so einfach. Wie soll man unter all den offenen Türen die richtige finden? Dazu gibt es in der Bibel eine erstaunliche Geschichte. Sie handelt von Abram.

Der kommt ursprünglich aus der Großstadt Ur in Chaldäa. Vor 4.000 Jahren ist die Stadt so etwas wie New York heute: ein Welthafen mit Verbindungen bis nach Indien und China. Abrams Vater, Terach, ist in dieser Stadt ein Großhändler für Fleisch: Er kauft Vieh von den Nomaden im Umland und versorgt damit die Menschen in der Stadt und auf den Schiffen, die im Hafen liegen. Terach ist ein genialer Kaufmann. Um näher bei seinen Lieferanten zu sein, verlegt er die Familienfirma von Ur nach Haran in der heutigen Südtürkei – damals ein Zentrum der Fleischproduktion wie heute Texas oder Argentinien.

Und das Geschäft blüht. Als Terach alt wird, übernimmt Abram die Firma – klar, wer sonst?

Es läuft, könnte man meinen. Aber eines Tages durchbricht ein fast unscheinbarer Vorgang die Erfolgsgeschichte. Die Bibel schreibt: „Der HERR sagte zu Abram: »Verlass dein Land, deine Verwandtschaft und das Haus deines Vaters! Geh in das Land, das ich dir zeigen werde«" (V. 1)! Und dann steht nur wenige Verse weiter: „Da ging Abram los" (V. 4).

Abram hat den größten Teil seines Lebens damit verbracht, in der vorgegebenen Spur zu leben. Aber das war gar nicht sein Weg. Um den zu finden, war es nötig, auf das zu hören, was Gott ihm sagte. Das half ihm weiter und brachte ihn zielsicher an den Platz im Verlauf der Weltgeschichte, den nur er einnehmen konnte. So konnte Abram im hohen Alter das beginnen, wofür ihm Gott später den Namen Abraham gab und weswegen wir noch 4.000 Jahre später von ihm reden: Er wird zum Urvater der drei Weltreligionen Judentum, Christentum und Islam. Und ausgelöst hat das Gott, der eines Tages mitten in sein Leben hineingesprochen hat.

Was, wenn dieser Gott nie aufgehört hat, zu reden? Wenn er heute, genau wie vor 4.000 Jahren, Menschen hilft, ihren Platz auf dieser Welt zu finden?

Hast du Gott schon mal gefragt, wo dein Platz in der Welt sein könnte?

BERUFUNG VON MOSE

2 Mose / Exodus

3
1 Mose hütete die Herde seines Schwiegervaters Jitro.
Jitro war der Priester von Midian.
Einmal trieb Mose die Herde über die Steppe hinaus.
So kam er an den Berg Gottes, den Horeb.
2 Da erschien ihm ein Engel des HERRN:
Eine Flamme schlug aus einem Dornbusch.
Mose bemerkte, dass der Dornbusch
in Flammen stand,
und trotzdem nicht verbrannte.
3 Mose sagte sich: „Ich will hingehen
und mir diese auffallende Erscheinung ansehen.
Warum verbrennt der Dornbusch nicht?"
4 Der HERR sah, dass Mose vom Weg abbog
und sich die Erscheinung ansehen wollte.
Da rief ihn Gott mitten aus dem Dornbusch:
„Mose, Mose!"
Er antwortete: „Hier bin ich!"
5 Gott sprach: „Komm nicht näher! Zieh deine
Schuhe aus!
Der Ort, auf dem du stehst, ist heiliges Land."

6 Weiter sprach er: „Ich bin der Gott deiner Väter,
der Gott Abrahams, Isaaks und Jakobs.
Da verhüllte Mose sein Gesicht.
Er hatte Angst davor, Gott zu sehen.
7 Der HERR sprach:
„Ich habe die Not meines Volks in Ägypten gesehen.
Die Klage über ihre Unterdrücker habe ich gehört.
Ich weiß, was sie erdulden müssen.
8 Deshalb bin ich herabgekommen,
um sie aus der Gewalt der Ägypter zu befreien.
Ich will mein Volk aus diesem Land führen.
Es soll in ein gutes und weites Land kommen,
in dem Milch und Honig fließen.
Es ist das Land der Kanaaniter und Hetiter,
der Amoriter, Perisiter, Hiwiter und Jebusiter.
9 Darum sei gewiss:
Die Klage der Israeliten ist zu mir gedrungen.
Ich habe auch gesehen, wie die Ägypter sie quälen.
10 Nun geh! Ich sende dich zum Pharao.
Du sollst mein Volk, die Israeliten,
aus Ägypten führen."

11 Mose sagte zu Gott:
„Wer bin ich denn, dass ich einfach zum Pharao gehe?
Und wie soll ich die Israeliten aus Ägypten führen?"
12 Gott antwortete: „Ich werde bei dir sein!
Daran wirst du sehen, dass ich dich gesandt habe:
Wenn du das Volk aus Ägypten geführt hast,
sollt ihr mir an diesem Berg dienen."

13 Mose antwortete Gott:
„Ich werde zu den Israeliten gehen und ihnen sagen:
»Der Gott eurer Väter schickt mich zu euch.«
Was ist, wenn sie mich fragen: »Wie heißt er?«
Was soll ich ihnen dann sagen?"
14 Da sprach Gott zu Mose:
„»Ich werde sein, der ich sein werde.«
Das sollst du den Israeliten sagen:
Der »Ich-werde-sein« hat mich zu euch geschickt."

15 Weiter sprach Gott zu Mose:
„Das sollst du den Israeliten sagen:
»Der HERR hat mich zu euch geschickt,
der Gott eurer Väter Abraham, Isaak und Jakob.«
So heiße ich schon immer, und so will ich
bei all ihren Nachkommen genannt werden.
16 Geh jetzt und rufe die Ältesten Israels zusammen.
Sag ihnen: »Der HERR ist mir erschienen,
der Gott eurer Väter Abraham, Isaak und Jakob.
Er hat gesagt: Ich werde mich um euch kümmern
und um das, was euch in Ägypten angetan wird.
17 Darum habe ich bei mir entschieden:
Ich werde euch aus der Not herausführen,
die ihr in Ägypten erleiden müsst.
Ich bringe euch in das Land der Kanaaniter, Hetiter,
Amoriter, Perisiter, Hiwiter und Jebusiter,
in ein Land, in dem Milch und Honig fließen.«"

HEILIGER BIMBAM!

Lena Niekler

Von Begegnungen mit Gott
2 Mose / Exodus 3,1-17

Erst lesen, wenn es unten im Text steht!

Mitten im Alltag zwischen Hausaufgaben, Sport und Nebenjob kann etwas völlig Unerwartetes passieren. Eine überraschende Unterbrechung in der täglichen Routine. Eine Begegnung, die alles verändert – und danach ist nichts mehr so, wie es vorher einmal war.

Was ist das für eine Begegnung, die das ganze Leben auf den Kopf stellt? Die Geschichte eines Mannes namens Mose erzählt davon: Während er seiner ganz normalen Arbeit nachgeht, ruft Gott ihn. Er ruft Mose an einen heiligen Ort und zeigt ihm, wer er ist. Was genau ist bei dieser Begegnung passiert?

Lies 2 Mose / Exodus 3,1-17.

Was Mose am Dornbusch erlebt, zeigt: Die Begegnung mit Gott ist etwas ganz Besonderes. Darum soll Mose auch seine Schuhe ausziehen, den Alltag sozusagen abstreifen. Denn es passiert etwas Außergewöhnliches. Gott zu begegnen ist eine Pause vom Alltag – ein heiliger Moment.

Gott kennt seine Menschen und lädt sie ein, solche Momente mit ihm zu verbringen. Er kennt Mose und ruft ihn beim Namen. Und genauso kennt er auch uns. Und dabei ist ganz egal, ob wir ihn schon kennen oder nicht. Er lädt uns ein, Zeit mit ihm zu verbringen, damit wir ihn (besser) kennenlernen.

Aber wer ist Gott? Als Mose ihm diese Frage stellt, antwortet Gott: „Ich werde sein, der ich sein werde" (V. 14). Und dieser Name ist Programm: Gott ist nicht wirklich in Worte zu fassen. Er zeigt sich in einem brennenden Dornbusch – und ist doch so viel mehr. Er hat eine Geschichte mit seinen

Menschen und er sieht ihre Not. Darum ist sein Name zugleich ein Versprechen: Ich werde bei dir sein.

Dieses Versprechen gilt, auch wenn wir wie Mose eine Menge Fragen haben. Noch keinen Plan, wie das mit dem Glauben eigentlich funktioniert. Oder wenn wir mit Worten oder Bildern nicht genau beschreiben können, wer Gott ist. Er verspricht trotz aller Fragen: Ich werde bei dir sein. Ich werde da sein, wenn der heilige Moment zu Ende ist und der Alltag weitergeht. Ich bin bei dir, wenn du in die Schule gehst, mit den Hausaufgaben kämpfst oder beim Training schwitzt. Ich begleite dich auch durch deinen Alltag und bin an deiner Seite.

Und doch wird manches anders sein als vorher. Denn die Begegnung mit Gott verändert. Mose hat eine ganz neue Aufgabe von Gott bekommen. Statt um eine Schafherde soll er sich um seine Mitmenschen kümmern. Gott beauftragt ihn, das Volk Israel aus seiner Not zu befreien. Denn Gott weiß um Leid und Unterdrückung – und er braucht Menschen wie Mose und wie uns, um das zu ändern. Er beruft Mose dazu, gegen das Unrecht anzugehen.

In unserem Alltag können auch wir mit Gott an unserer Seite einen Unterschied machen. Die Begegnung mit Gott verändert uns und zeigt uns, wo wir in dieser Welt gebraucht werden.

Wo begegnest du Gott?
Schaff dir zu Hause einen „heiligen Ort", um dort mitten im Alltag Gott zu begegnen. Einen Ort, an dem du sozusagen bewusst deine Schuhe ausziehst, dir bewusstmachst, dass Gott bei dir ist und dann mit ihm redest und ihm deine Fragen stellst.

GOTT FÜHRT ISRAEL AUS ÄGYPTEN

2 Mose / Exodus

14
10 Als der Pharao näher kam,
blickten die Israeliten auf und sahen:
Die Ägypter rückten hinter ihnen heran!
Da bekamen die Israeliten große Angst
und schrien zum HERRN um Hilfe.
11 Sie beklagten sich bei Mose:
„Gab es denn keine Gräber in Ägypten?
Hast du uns in die Wüste gebracht,
damit wir hier sterben?
Wie konntest du uns aus Ägypten führen!
12 Haben wir nicht schon in Ägypten zu dir gesagt:
Lass uns in Ruhe!
Wir wollen lieber den Ägyptern dienen!
Es ist besser, dass wir in Ägypten Sklaven sind,
als in der Wüste zu sterben."
13 Darauf sagte Mose zum Volk:
„Fürchtet euch nicht! Stellt euch auf und seht,
wie der HERR euch heute retten wird!
Denn so, wie ihr die Ägypter jetzt seht,
werdet ihr sie nie wieder sehen.
14 Der HERR wird für euch kämpfen.
Ihr aber sollt still sein."

15 Der HERR sprach zu Mose:
„Was schreist du zu mir!
Befiehl den Israeliten, dass sie aufbrechen.
16 Und du, hebe deinen Stab hoch!
Strecke deine Hand aus über das Meer und teile es!
Dann können die Israeliten auf trockenem Boden
mitten durch das Meer ziehen.
17 Ich aber werde die Ägypter nicht begreifen lassen,
was geschieht.
Dann folgen sie den Israeliten ins Meer.
So will ich meine Macht erweisen
am Pharao und an seinem ganzen Heer –
an den Streitwagen und an den Reitern.
18 Die Ägypter sollen erkennen, dass ich der HERR bin,
wenn ich meine Macht am Pharao erweise –
an den Streitwagen und an den Reitern."

ZIELSICHER?!

Lena Niekler

Von Rückhalt und Vertrauen
2 Mose / Exodus 14,10-18

Erst lesen, wenn es unten im Text steht!

Wohin geht die Reise? Nein, nicht der nächste Urlaub. Unsere Lebensreise. Da sind so viele Entscheidungen zu treffen und irgendwie wirkt auf einmal alles unsicher: Wie soll ich das schaffen? In welche Richtung soll ich gehen? Es wäre doch so viel einfacher, wenn alles bleiben könnte, wie es ist. Klar ist es bei weitem nicht perfekt, aber die Idee, aufzubrechen und etwas Neues anzufangen, ist ziemlich beängstigend. Wird mir irgendwer helfen, meinen Weg zu finden?

Unsicherheit und Angst vor Neuem sind menschlich. Und doch lohnt es sich, aufzubrechen. Vor allem dann, wenn es in der jetzigen Situation alles andere als gut ist. Wie schwer das sein kann, zeigt die Geschichte vom Volk Israel: In Ägypten wurden sie unterdrückt und zu schweren Arbeiten gezwungen – bis Mose den Auftrag von Gott bekam, sie in die Freiheit zu führen.

Schon zu Beginn der Reise in die Freiheit gibt es allerdings jede Menge Schwierigkeiten: Denn der Pharao und die ägyptischen Streitkräfte sind hinter den Israelitinnen und Israeliten her. Natürlich wollen sie ihre billigen Arbeitskräfte nicht gehen lassen. Und im Angesicht ihrer Verfolger machen sich Angst und Zweifel unter den Geflohenen breit: „Wären wir mal besser dageblieben. Wir werden bestimmt hier in der Wüste sterben. Warum haben wir diese Reise ins Ungewisse überhaupt angetreten?"

Doch Gott spricht Klartext in diese Unsicherheiten: Er ist da – an der Seite seiner Menschen. Und er hilft ihnen auf dem Weg in die Freiheit. Wo Angst sich breitmacht, leuchtet sein Licht in der Dunkelheit und zeigt den Weg. Wo wir übermächtige Gegner fürchten, kämpft er für uns und bringt uns sicher ans Ziel.

Gott ist da in aller Ungewissheit. Weder das Volk Israel noch uns heute lässt er im Stich. Die Herausforderung ist, darauf zu vertrauen.

Auf unserer Lebensreise möchte Gott nicht nur ein Wegbegleiter sein, sondern der Kompass. Er will Orientierung schenken. Doch wie kann das gehen?

Beim Lesen der Bibel lässt sich zum Beispiel jede Menge Orientierung finden. Ein guter Anfang, um das Vertrauen in Gott zu stärken, ist es, die ganze Geschichte davon, wie Gott Israel aus Ägypten geführt hat, nachzulesen.

Lies 2 Mose / Exodus 12,20–14,30.

Denn darum geht's – Gott auf unserer Lebensreise zu vertrauen. Er lässt uns nicht im Stich. So wie er die Israeliten sicher durch die Wüste und sogar durch das Meer geführt hat, leitet er auch uns auf unserem Weg. Er ist an unserer Seite, auch wenn vieles uns erstmal Angst macht. Sich nicht auf diese Dinge zu konzentrieren, sondern in Gottes Wort neuen Mut zu finden, hilft dabei.

Und das verändert den Blick auf die nächsten Prüfungen und die Fragen, was nach der Schule kommt oder wohin die Lebensreise gehen soll. Denn Gott ist da und Schritt für Schritt können wir mit ihm ins Unbekannte aufbrechen.

Ein paar Fragen zum Weiterdenken:

› Was ist dein nächster Schritt?
› Wie kannst du im Vertrauen auf Gott wachsen?

ZEHN GEBOTE

2 Mose / Exodus

19
1 Genau drei Monate nach dem Auszug aus Ägypten
kamen die Israeliten in die Wüste Sinai.
2 Sie waren von Refidim aufgebrochen
und erreichten nun die Wüste Sinai.
In der Wüste schlugen sie ihr Lager auf.
Dort lagerte sich Israel am Fuß des Berges,
3 Mose aber stieg zu Gott hinauf.
Da rief ihm der HERR vom Berg aus zu:
„Sag es dem Haus Jakob! Verkünde es den Israeliten:
4 Ihr habt gesehen, was ich den Ägyptern angetan habe.
Euch aber habe ich wie ein Adler auf Flügeln getragen
und hierher zu mir gebracht.
5 Hört jetzt auf meine Stimme und haltet meinen Bund!
Dann sollt ihr mein Eigentum sein unter allen Völkern.
Denn mir gehört die ganze Erde.
6 Ihr aber sollt für mich ein Volk von Priestern sein,
ein heiliges Volk.
Diese Worte sollst du den Israeliten sagen."

7 Als Mose zurückkam,
rief er die Ältesten des Volkes zusammen.
Er sagte ihnen alle diese Worte,
die der HERR ihm aufgetragen hatte.
8 Das ganze Volk stimmte zu:
„Alles, was der HERR gesagt hat, wollen wir tun."
Mose überbrachte dem HERRN die Antwort des Volkes.

Lena Niekler

Achtung Interview!

bumlnk.de/
bej-was-zaehlt

Von guten Beziehungen
2 Mose / Exodus 19,1–20,17

Erst lesen, wenn es unten im Text steht!

Es war nur eine kleine Notlüge. Eigentlich nur nicht ganz die Wahrheit. Und jetzt ist ein riesiger Streit mit der besten Freundin oder dem besten Freund das Ergebnis ...

Sich mit Freundinnen/Freunden oder den Eltern zu streiten und einander zu verletzen – das passiert wohl allen mal. Keine schöne Sache! Deshalb geht's hier um die Frage: Wie können die Beziehungen zu unseren Mitmenschen gelingen? Und was sagt Gott eigentlich zum Thema Lügen?

In der Bibel finden wir nicht einfach Gottes Beziehungsratgeber mit den besten Tipps für gelingende Freundschaften und ein friedliches Miteinander in der Familie. Nein, er fängt ganz am Anfang an – bei der Beziehung zwischen Gott und Mensch. Denn Gott schließt mit seinem Volk eine Art Vertrag. Einen „Bund" nennt die Bibel das.

Wie es dazu kommt?

Lies 2 Mose / Exodus 19,1–20,17.

Die Israelitinnen und Israeliten ziehen durch die Wüste und kommen zum Berg Sinai. Dort, auf dem Berg, begegnet Gott Mose, ihrem Anführer.

Immer wieder steigt Mose auf den Berg. Eine Wolke zieht auf. Es donnert, blitzt und Rauch steigt auf. Das alles macht deutlich: Dieser Bund zwischen Gott und den Menschen ist etwas Besonderes. Er ist das Versprechen Gottes: Ihr gehört zu mir, zu Gottes Familie. Nichts Anderes meint der Satz „Ihr seid heilig." Das wird auch in eurem Leben sichtbar werden. Wie das funktioniert? Das erklären die Zehn Gebote, die Mose auf dem Berg von Gott anvertraut bekommt.

Deshalb wollen die Israelitinnen und Israeliten sowohl ihre Beziehung zu Gott als auch die Beziehungen zu anderen Menschen ernst nehmen (V. 8) – so wie es die Zehn Gebote sagen. Sie regeln unser Zusammenleben, denn Gott wünscht sich für seine Familie ein friedliches Miteinander. So lautet eines der Gebote: „Du sollst nichts Falsches über deinen Nächsten sagen!" – denn die Wahrheit zu verdrehen macht Beziehungen kaputt und schadet oft denen, über die da geredet wird.

Wenn es mal nicht klappt, nach den Geboten zu handeln, schadet das uns selbst und unseren Beziehungen. Deshalb lässt Gott uns wissen: Wenn ihr gute Beziehungen wollt, haltet euch an die Gebote.

Versteht sie als Freiheiten! Wenn ihr danach lebt, schenkt euch das die Freiheit, gute Beziehungen zu leben. Mit der Familie, mit der besten Freundin / dem besten Freund und mit allen anderen Menschen. Und auch eine gute Beziehung zu Gott. Eigentlich doch ein ziemlich guter Beziehungsratgeber, den Gott da für seine Familie zusammengestellt hat!

Welches der Zehn Gebote betrifft dich gerade am meisten?
Welche Freiheit bekommst du geschenkt,
wenn du dich nach diesem Gebot richtest?
Was wird möglich?

GOTT BEAUFTRAGT JOSUA

Josua

1
1 Mose, der Knecht des HERRN, war gestorben.
Ihm hatte Josua, der Sohn des Nun, gedient.
Da sagte der HERR zu Josua:
2 „Mein Knecht Mose ist tot.
Jetzt mach dich auf und überquere den Jordan!
Zieh mit dem ganzen Volk in das Land,
das ich ihnen, den Israeliten, geben will.
3 Ich gebe euch jeden Ort zum Besitz,
den ihr mit euren Füßen betretet.
So habe ich es Mose versprochen.
4 Und so weit soll euer Gebiet reichen:
von der Wüste bis zum Libanongebirge,
vom großen Fluss Eufrat, mit dem Land der Hetiter,
bis zum großen Meer im Westen.
5 Niemand kann sich dir entgegenstellen,
solange du lebst.
Ich werde mit dir sein,
wie ich es mit Mose gewesen bin.
Ich lasse dich nicht fallen
und lasse dich nicht im Stich.
6 Sei stark und mutig!
Du wirst diesem Volk das Land zum Erbbesitz geben.
Denn ich habe ihren Vorfahren geschworen,
dass ich es ihnen geben werde.
7 Sei nur ganz stark und mutig!
Gib acht, dass du ganz nach der Weisung handelst,
die dir mein Knecht Mose gegeben hat!
Du sollst davon nicht abweichen,
weder nach rechts noch nach links.
So hast du Erfolg bei allem, was du unternimmst.
8 Hör nicht auf, in dem Gesetzbuch zu lesen,
und denk Tag und Nacht darüber nach.
So weißt du, worauf du achtgeben musst.
So kannst du dein ganzes Tun danach richten,
wie es darin geschrieben steht.
Dann wird dir alles gelingen, was du unternimmst.
Dann hast du Erfolg.
9 Ich habe dir doch gesagt,
dass du stark und mutig sein sollst!
Fürchte dich nicht und schrecke vor nichts zurück!
Denn der HERR, dein Gott, ist mit dir
bei allem, was du unternimmst!"

CHALLENGE ACCEPTED?!

Lena Niekler

Von Herausforderungen
Josua 1,1-9

Erst lesen, wenn es unten im Text steht!

Dieses Mal schaffe ich noch mal ein paar Kilometer mehr. Durch den Wald, immer bergauf. Es ist anstrengend, aber mein Mountainbike und ich rollen Meter für Meter über den Waldweg. Alleine hätte ich diese Tour wohl nicht unternommen. Oder hätte die entspannte Strecke gewählt, die ich schon ein paar Mal gefahren bin. Gut, dass ich Freunde habe, die mich herausfordern. Die dran glauben, dass da noch mehr in mir steckt.

Manchmal braucht es die Stimme von jemand anderem, die sagt: „Ich glaube an dich! Du schaffst das!" So wie die Stimme Gottes, die ziemlich eindrücklich zu Josua sagt: „Sei stark und mutig! Sei nur ganz stark und mutig! Fürchte dich nicht und schrecke vor nichts zurück" (V. 6.7.9).

Die Challenge, die Josua von Gott bekommt, ist eine Nummer größer als eine anstrengende Tour mit dem Mountainbike. Worum es geht?

Lies Josua 1,1-9.

Was für eine Herausforderung! Nachdem Mose jahrzehntelang das Volk Israel auf ihrer Reise in die Freiheit angeführt hat, ist er gestorben. Und jetzt soll Josua sein Nachfolger werden und mit den Israeliten tatsächlich in das Land gehen, das Gott ihnen versprochen hat. Er soll die volle Verantwortung für die vielen Menschen übernehmen und ihnen helfen, in diesem neuen Land auf der anderen Seite des Flusses Jordan ein Zuhause zu finden.

Ob Josua von allein auf die Idee gekommen wäre, diese Aufgabe zu übernehmen? Vermutlich nicht. Aber Gott sieht sein Potential und macht ihm

Mut, sich auf die Herausforderung einzulassen. Gott traut ihm diese Aufgabe zu und ermutigt Josua, Schritte aus der Komfortzone herauszumachen.

Raus aus der Komfortzone – dazu fordert Gott auch uns heraus. Er hat uns begabt und ermutigt auch uns, dieses Potential zu nutzen. Uns neue Herausforderungen zu suchen und daran zu wachsen. Das kann ein sportliches Ziel sein. Vielleicht aber auch eine Herausforderung, die anderen Menschen etwas Gutes tut – sich zum Beispiel in der Schule oder in der Jugendarbeit ehrenamtlich einzubringen. Mal eine Aufgabe zu übernehmen, die man sich bisher nicht zugetraut hat.

Sei stark und mutig! Gott ist an deiner Seite. Du bist nicht allein. Also riskier den Schritt aus der Komfortzone und trau dir selbst auch zu, dass du es mit ihm an deiner Seite schaffen kannst. Und dann staune, was auf einmal möglich sein wird.

Josua nimmt die Challenge an. Der Bibeltext endet mit den Worten „Josua befahl …". Er hört nicht nur Gottes ermutigende Worte, sondern er handelt auch danach.

Wie sieht das bei dir aus? Challenge accepted?

Mach heute einen Schritt aus deiner Komfortzone heraus! Überleg dir, was du gern machen würdest, aber dir bisher nicht zugetraut hast. Oder tu etwas, das du schon lange vor dir herschiebst. Stell dich deiner persönlichen Challenge!

SAMUEL SALBT DAVID ZUM KÖNIG

1 Samuel

16
1 Der HERR sprach zu Samuel:
„Wie lange willst du noch traurig sein wegen Saul?
Ich habe ihn doch verworfen.
Er soll nicht mehr König sein über Israel.
Jetzt füll dein Horn mit Öl und geh!
Ich schicke dich zu Isai nach Betlehem.
Unter seinen Söhnen habe ich einen gesehen.
Den ich als König haben will."

[Samuel ging also zu Isai und seinen Söhnen.]

6 Als sie kamen, sah Samuel den Eliab und dachte:
„Ja, das ist er! Vor dem HERRN steht sein Gesalbter!"
7 Doch der HERR sagte zu Samuel:
„Sieh nicht auf sein Aussehen und seine große Gestalt!
Ich habe ihn nicht in Betracht gezogen.
Denn bei mir zählt nicht, was ein Mensch sieht.
Der Mensch sieht nur auf das Äußere,
der HERR aber sieht auf das Herz."
8 Nun rief Isai den Abinadab
und ließ ihn an Samuel vorbeigehen.
Doch der schüttelte den Kopf:
„Auch den hat der HERR nicht erwählt."
9 Dann ließ Isai den Schima vorbeigehen.
Wieder schüttelte er den Kopf:
„Auch den hat der HERR nicht erwählt."
10 So ließ Isai sieben seiner Söhne an Samuel
vorbeigehen.
Aber Samuel schüttelte jedes Mal den Kopf:
„Keinen von ihnen hat der HERR erwählt."
11 Daraufhin fragte Samuel bei Isai nach:
„Sind das jetzt alle von deinen Söhnen?"
Er antwortete: „Es fehlt noch der jüngste,
der hütet gerade die Schafe!"
„Schick einen, der ihn holt!", sagte Samuel zu Isai.
„Wir wollen uns nicht vorher um den Tisch setzen,
bis er hierher gekommen ist."
12 Also lief einer hin und brachte ihn her.
Er hatte helle Haut, schöne Augen und sah gut aus.
Der HERR sprach:
„Das ist er! Auf, salbe ihn zum König!"
13 Samuel nahm das Horn mit dem Öl
und salbte ihn mitten unter seinen Brüdern.
Da kam der Geist des HERRN zu David,
an diesem Tag und auch in Zukunft.

COOL?!

Christoph Müller

Von Äußerlichkeiten und Leistungsdruck
1 Samuel 16

Erst lesen, wenn es unten im Text steht!

Er hat jetzt 2k Follower bei Insta. Und ihre TikTok-Videos bekommen fast 3.000 Likes. Unfassbar! Wenn er tischkickert, dann sind die anderen chancenlos. Wenn sie Texte mit Handlettering gestaltet, dann ist das einfach ultra. Wenn ich doch nur so wäre wie sie!

Wir vergleichen uns ständig. Schauen andere an und sehen nur, was sie alles besser können. Da kann das Gefühl aufkommen: „Brot kann schimmeln – und was kann ich?!" Dabei sehen wir oft nur die Äußerlichkeiten. Das, was andere von sich zeigen.
Eine Erzählung aus der Bibel beschreibt, dass dieser Eindruck manchmal auch täuschen kann:

Lies 1 Samuel 16.

Vorschlag: Geh dazu in eine Einkaufspassage. Schau dich um und lies den Text.

Gott sucht einen neuen König für Israel. Er schickt den Propheten Samuel zu Isai, weil der neue König einer von dessen Söhnen sein soll. Er bekommt sie alle zu sehen und ist begeistert: So viele kräftige, gutaussehende und kluge Männer. Der zukünftige König muss einer von ihnen sein.
Aber Samuel liegt falsch: Gott macht ihm klar, dass keiner der Männer der Richtige ist. Es folgt ein Satz, der mich sehr berührt: „Sieh nicht auf sein Aussehen und seine große Gestalt! Ich habe ihn nicht in Betracht gezogen. Denn bei mir zählt nicht, was ein Mensch sieht. Der Mensch sieht nur auf das Äußere, der HERR aber sieht auf das Herz" (V. 7).

Gott beschreibt hier, wie er auf uns Menschen blickt: Follower, Likes, Aussehen oder Leistung interessieren ihn nicht. Er sieht das, was noch in uns steckt – die Begabungen und Möglichkeiten, nach denen uns noch niemand gefragt hat. Die Dinge, die in uns „versteckt" sind.

Gott wählt den jüngsten Sohn der Familie aus. David wird von seinem Vater und den Brüdern unterschätzt. Er hütet die Schafe. Einen König sieht niemand in ihm. Als Hirte hat er die Dinge gelernt, die ihn später als König stark machen. Er hat Ausdauer und Mut und kann sich verteidigen. Das und vieles mehr schlummert in ihm, ist aber für andere (noch) unsichtbar.

David ist nicht die einzige Person in der Bibel, an der sich Gottes Blick auf uns Menschen zeigt. Auch viele andere „Heldinnen" und „Helden" werden von ihren Mitmenschen unterschätzt oder trauen sich selbst weniger zu, als sie tatsächlich können. Mose kann nicht richtig sprechen und ist doch Anführer eines großen Volkes. Sara zweifelt und wird trotzdem zur Stamm-Mutter des Volkes Israel. Jeremia fühlt sich viel zu jung für seine Aufgabe. Esther wird für ein naives Mädchen gehalten und rettet am Ende ihr Volk. Spannende Erzählungen, in denen Gott Menschen ins Herz schaut und sie groß macht.

Wenn wir uns nicht mehr mit anderen vergleichen, sondern uns von Gott anschauen lassen, verändert das unser Leben. Wir entdecken verborgene Schätze – bei uns und bei anderen.

Nimm dir heute Zeit für eine Person, mit der du sonst wenig zu tun hast.
Frage, was sie gern macht, wovon sie begeistert ist oder worüber sie sich freut. Mit etwas Glück wirst du mit einem Blick ins Herz dieser Person belohnt.

DAVID UND GOLIATH

1 Samuel

17
23 Während er noch mit ihnen redete,
trat einer aus den Reihen der Philister hervor:
Es war Goliat, der Einzelkämpfer der Philister,
der aus der Stadt Gat stammte.
Der forderte Israel auf die übliche Art heraus,
und David hörte es.
24 Als die Soldaten Israels den Mann sahen,
wichen sie aus lauter Angst vor ihm zurück.

[Einige Verse später wird berichtet:]

31 Es sprach sich herum, dass David sich
erkundigt hatte.
Als man auch Saul davon berichtete,
ließ er ihn holen.
32 David sagte zu Saul:
„Mein Herr, verliere nicht den Mut wegen dem da!
Dein Knecht wird hingehen
und mit diesem Philister kämpfen."
33 Saul antwortete David: „Auf keinen Fall!
Du kannst nicht zu diesem Philister hingehen
und mit ihm kämpfen.
Dafür bist du einfach noch zu unerfahren.
Er dagegen ist seit seiner Jugend im Kampf geübt."

34 David erwiderte:
„Als dein Knecht die Schafe seines Vaters hütete,
musste er auch schon kämpfen:
So kam es vor, dass ein Löwe oder ein Bär
die Herde überfiel und ein Lamm rauben wollte.
35 Da lief ich hinterher, schlug auf ihn ein
und rettete es aus seinem Rachen.
Wenn er dann auf mich losgehen wollte,
packte ich ihn bei der Mähne und schlug ihn tot.
36 Den Löwen wie den Bären hat dein Knecht erledigt.
Und genauso soll es dem Philister ergehen,
diesem unbeschnittenen Kerl!
Denn er hat die Schlachtreihen des lebendigen Gottes
lächerlich gemacht."
37 Und David sagte:
„Der HERR war es,
der mich aus den Tatzen des Löwen
und des Bären gerettet hat.
Er wird mich auch aus der Hand des Philisters retten!"
Darauf sagte Saul zu David:
„Geh hin, der HERR wird mit dir sein!"

TRAU DICH!

Christoph Müller

Von Mut und Selbstbewusstsein
1 Samuel 17,17-50

Jetzt Bibeltext lesen!

Menschen treffen im Schnitt 20.000 Entscheidungen pro Tag. Während du diesen Satz liest, hast du schon eine Entscheidung getroffen: die Entscheidung, weiterzulesen. Meistens entscheidet man innerhalb von 0,2 Sekunden, aus dem Bauch heraus und unbewusst. Neben diesen schnellen Bauchentscheidungen gibt es die großen und lebensverändernden Entscheidungen. Da stellt sich die Frage: „Woher weiß ich, ob das, was ich tue, mutig oder total lebensmüde ist?" Oder: „Wie finde ich heraus, ob ich aus Angst »Nein« gesagt habe oder zu wenig Mut hatte?"

Was David tut, hört sich auf jeden Fall sehr lebensmüde an: Er stolpert in eine Situation hinein, mit der er nicht gerechnet hätte. Ohne Schutz durch Rüstung oder Schwert beschließt er, gegen einen Riesen zu kämpfen. Noch dazu soll dieser Kampf die ganze Schlacht zwischen Philistern und Israeliten entscheiden. David macht das alles scheinbar nichts aus.

Die Motivation, gegen diesen Riesen anzutreten, ist keine reine Bauchentscheidung. Er möchte kämpfen, weil Goliath „die Schlachtreihen des lebendigen Gottes lächerlich" macht (V. 26). David weiß, dass er nicht für sich, sondern sich für eine höhere Sache einsteht. Er hat erlebt, dass Gott ihm schon früher in Herausforderungen beigestanden hat. Er erzählt von Löwen und Bären, die er nach einem Angriff auf seine Herde getötet hat. Deshalb vertraut er darauf, dass Gott auch jetzt bei ihm ist, und das gibt ihm den nötigen Mut.

Hinzu kommt etwas ganz Entscheidendes: David weiß, was er kann und was nicht. Schwert und Rüstung sind keine Dinge, mit denen er umgehen kann.

Stattdessen kämpft er, wie er es gewohnt ist: Mit Stock, Steinen und Schleuder ist David vertraut und sicher. So kann er mutig losziehen.
Das entspricht nicht den Vorstellungen des Königs und schon gar nicht Goliaths Erwartungen. Der ist erst einmal richtig sauer. Aber David tritt ihm gegenüber, vertraut auf Gott und die Erfahrungen, die er machen durfte, und benutzt Waffen, die er beherrscht. Er siegt und mit ihm ein ganzes Volk.

Selbstbewusstsein und Mut sind eine Mischung aus Erfahrungen, Begabungen und dem Wissen, dass man nicht allein ist. Du bist nicht allein. Denn Gott bietet dir auch bei deinen Herausforderungen seine Begleitung an.

Ich lade dich ein, so wie David vor großen Aufgaben und Entscheidungen mit Gott zu reden, denn „Mut ist Angst, die gebetet hat" (Corrie ten Boom, Überlebende eines Konzentrationslagers der Nationalsozialisten).

Erstelle dir deine eigene „Siegesliste Davids":
Schreibe dir Dinge auf, die dir gelungen sind, über die Menschen sich gefreut haben oder mit denen du zufrieden warst.
Diese Liste kannst du hin und wieder herausholen oder vor großen Entscheidungen noch einmal durchlesen.

DER HERR IST MEIN HIRTE

Die Psalmen

23
[1] EIN PSALM, VON DAVID.
Der HERR ist mein Hirte.
Mir fehlt es an nichts.
[2] Auf saftig grünen Weiden lässt er mich lagern.
Er leitet mich zu Ruheplätzen am Wasser,
[3] dort erfrischt er meine Seele.
Er führt mich gerecht durchs Leben.
Dafür steht er mit seinem Namen ein.
[4] Und muss ich durch ein finsteres Tal,
fürchte ich kein Unglück.
Denn du bist an meiner Seite!
Dein Stock und dein Stab
schützen und trösten mich.
[5] Du deckst für mich einen Tisch
vor den Augen meiner Feinde.
Du salbst mein Haar mit duftendem Öl
und füllst mir den Becher bis zum Rand.
[6] Nichts als Liebe und Güte begleiten mich
alle Tage meines Lebens.
Mein Platz ist im Haus des HERRN.
Dort möchte ich mein Leben lang sein.

Übersetzung der BasisBibel

Der gute Hirte
23
[1] Ein Psalm Davids.
Der HERR ist mein Hirte,
mir wird nichts mangeln.
[2] Er weidet mich auf einer grünen Aue
und führet mich zum frischen Wasser.
[3] Er erquicket meine Seele.
Er führet mich auf rechter Straße um seines
Namens willen.
[4] Und ob ich schon wanderte im finstern Tal,
fürchte ich kein Unglück; denn du bist bei mir,
dein Stecken und Stab trösten mich.
[5] Du bereitest vor mir einen Tisch
im Angesicht meiner Feinde. Du salbest mein
Haupt mit Öl und schenkest mir voll ein.
[6] Gutes und Barmherzigkeit werden mir folgen
mein Leben lang,
und ich werde bleiben im Hause des HERRN
immerdar.

Übersetzung der Lutherbibel

Christoph Müller

Vom Versorgt-Sein
Psalm 23

Erst lesen, wenn es unten im Text steht!

Wie geht es dir, wenn du auf deine Zukunft schaust? Welche Erwartungen hast du? Hast du einen Traumberuf? Willst du studieren? Hast du einen Wunsch, wo du gern einmal wohnen würdest? Möchtest du eine Familie gründen? Hast du dir mit einer App zeigen lassen, wie du mit 65 Jahren aussiehst? Klar ist, es gibt viele unbekannte Dinge, die auf dich warten: Die meisten Leute in deinem Alter werden 2035 in Berufen arbeiten, die es heute noch nicht gibt. Wir wissen nicht, wie sich das Klima entwickelt und ob in 20 Jahren Bananen in unseren Gärten wachsen. Oder wie die Autos und Smartphones dann aussehen werden.

Nimm dir an dieser Stelle 10 Minuten Zeit, um die Fragen oben für dich zu beantworten.
Hör dir danach den Psalm in einer Audiobibel an oder lies ihn dir selbst laut vor.

Die Frage nach dem, was kommen wird, ist so alt wie die Menschheit selbst. Gedanken an die Zukunft sind häufig von Sorgen oder Ängsten begleitet. Kartenleger und Wahrsagerinnen haben zu allen Zeiten gutes Geld damit verdient. Einen ganz kostenfreien Blick in die Zukunft, der uns Mut machen kann, gibt uns Psalm 23. Den soll König David geschrieben haben. Bei den Worten des Psalms handelt es sich nicht um eine Aneinanderreihung von Bildsprüchen eines Motivationskanals auf Instagram, sondern um echte Erfahrungen, die aus Davids Leben bekannt waren: Das hatte nämlich viele Höhen und Tiefen. David wurde früh zum König ernannt, ohne eigentlich

Thronfolger zu sein. Er war begabt und beliebt bei den Menschen. Genauso kannte er Momente der Einsamkeit, Angst und Hunger.

So wurde Saul, sein einstiger Förderer, zu seinem erbitterten Feind. David musste sich verstecken und war lang auf der Flucht. Und trotzdem hat er erlebt, wie Gott ihm zum richtigen Zeitpunkt das gab, was er brauchte. Manche seiner Bitten hat Gott nicht erfüllt – und trotzdem war er gut versorgt. Und nach schweren Fehlern und großen Krisen hat Gott ihm neue Zuversicht geschenkt.

Gott wird hier als guter Hirte dargestellt, weil das ein Bild war, mit dem die Menschen zur Zeit des Alten Testaments etwas anfangen konnten: Gott ist der beste Hirte, den man sich denken kann. Ein Hirte, der seine Menschen sicher leitet, schützt und versorgt.
Viele Jahre später stellt sich Jesus im Neuen Testament als der gute Hirte vor und macht damit klar: Er ist der menschgewordene Gott aus Psalm 23. Diese Vorstellung kann auch uns heute gegen Angst und Sorgen vor der Zukunft helfen: Mit Gott als gutem Hirten wissen wir, dass alles, was kommen wird, bei ihm in guten Händen ist. Auch dann, wenn es sich nicht immer gut anfühlt oder wir kein Licht am Ende des Tunnels sehen. Gott ist da.

Ich lade dich zu einer kleinen Aktion ein:
Gehe zu Menschen, die schon länger an Gott glauben. Frage sie, ob und wie sie ihn schon einmal als „guten Hirten" erlebt haben. Du wirst staunen, welche Geschichten du hörst, und du kannst entdecken, wie Gott für „seine Schafe" sorgt.

Themenseite:

BIBEL – WIE JETZT?!

Wie ist die Bibel aufgebaut

und wie finde ich eine bestimmte Textstelle?

Wie ist die Bibel aufgebaut?

Das Wort „Bibel" stammt aus der griechischen Sprache und bedeutet „Bücher" (biblia). Denn die Bibel ist eigentlich eine Sammlung von verschiedenen Einzelschriften oder Büchern. Sie gleicht einer ganzen Bibliothek mit insgesamt 77 Bänden: 39 im Alten Testament, 27 im Neuen Testament und 11 sogenannte Spätschriften des Alten Testaments. Manche von ihnen sind äußerst umfangreich, andere füllen nur wenige Seiten. Wie in einer Bibliothek werden die Bücher in verschiedene Gruppen eingeteilt.

Altes Testament

Die Schriften des Allen Testaments existierten zunächst als einzelne Schriftrollen in hebräischer Sprache. Sie sind von verschiedenen Autoren und in unterschiedlichen Stilformen geschrieben worden. Seit dem 5. Jahrhundert v. Chr. haben jüdische Gelehrte die heiligen Schriften gesammelt und zu größeren Einheiten zusammengefügt. Man kann vier Gruppen unterscheiden:

Gesetzesbücher (Weisung)
Sie umfassen die fünf Bücher Mose (Genesis bis Deuteronomium) und werden deshalb auch „Pentateuch", d. h. „Fünf-Rollen-Buch", genannt. In ihnen wird die Geschichte des Volkes Israel von den ersten Anfängen bis zur Befreiung aus der Sklaverei in Ägypten geschildert.

Geschichtsbücher
Sie erzählen die Geschichte Israels vom Einzug ins verheißene Land bis zur Verbannung und der Rückkehr aus dem Babylonischen Exil.

Poetische und Lehrbücher
Die Lehrbücher enthalten Weisheitslehren, die in einprägsamen Sprichwörtern oder auch in dichterische Sprache gefasst weitergegeben wurden. Die Psalmen sind eine Sammlung von Liedern und Gebeten.

Prophetenbücher
Die Propheten Israels legten die Ereignisse der Vergangenheit aus, prangerten das Unrecht in der Gegenwart an und verkündigten Gottes Handeln für die Zukunft.

Spätschriften des Alten Testaments
Die Spätschriften sind Zusätze und Ergänzungen zum Alten Testament, die nicht in die hebräische Bibel aufgenommen wurden. Nur die griechische Übersetzung des Alten Testaments überliefert sie. Entstanden sind sie zwischen 300 und 100 v. Chr. Einige gehören vom Charakter zu den Geschichtsbüchern, andere enthalten Weisheitssprüche und -lehren oder Prophetenworte. In manchen Ausgaben sind die Spätschriften in einem gesonderten Teil vor dem Neuen Testament angeordnet.

Neues Testament

Die 27 Bücher des Neuen Testaments wurden in Griechisch geschrieben. Auch sie können in verschiedene Gruppen unterteilt werden:

Geschichtsbücher
Die vier Evangelien und die Apostelgeschichte erzählen von Jesus Christus und seinem Wirken und von den ersten Gemeinden. Sie wollen aber keinen rein historischen Bericht geben, sondern zum Glauben an Jesus als den von seinem Volk lange ersehnten Retter der Menschen einladen.

Briefe
Diese Gruppe enthält 21 Briefe, die von den Aposteln selbst oder unter ihrem Namen an verschiedene christliche Gemeinden und an Einzelpersonen geschrieben wurden. Die größte und wichtigste Sammlung bilden die Paulusbriefe.

Die Offenbarung
Die Offenbarung des Johannes steht in der Tradition der prophetischen Bücher. Sie schildert vor allem apokalyptische Visionen vom Ende dieser Welt, verbunden mit der Hoffnung auf einen neuen Himmel und eine neue Erde, wo es kein Leid und keinen Schmerz mehr geben wird.

Wie finde ich eine bestimmte Textstelle?

Wie in jedem anderen Buch gibt es auch in der Bibel ein Inhaltsverzeichnis. Es steht meistens ganz vorn. Dort findet sich die Seitenzahl zu dem gewünschten biblischen Buch.

Grundsätzlich werden Bibelstellen immer nach dem gleichen System angegeben: Zuerst kommt der Name des biblischen Buches, dann das Kapitel und dann der Vers.

Das sieht z. B. so aus: Jesaja 54,10.

Wenn du diese Bibelstelle lesen möchtest, schlägst du zuerst das Buch Jesaja auf, gehst zu Kapitel 54 und suchst innerhalb des Kapitels den Vers 10. Schon kannst du den gewünschten Text lesen.

Bei einer Online-Bibel funktioniert das System im Prinzip gleich: Du gibst den Namen des biblischen Buches, dann das Kapitel und zuletzt den Vers in das Such-Fenster ein, dann wird dir die entsprechende Stelle angezeigt.

Manchmal steht vor dem Buch oder dem Brief noch eine Zahl. Das ist immer dann der Fall, wenn es nicht nur ein Buch oder einen Brief mit diesem Namen gibt, z. B. bei den Mose-Büchern oder den Korinther-Briefen.

Das kann dann so aussehen: 1. Korinther 3,1.

Du suchst den ersten Brief an die Gemeinde in Korinth, gehst dort zum Kapitel 3 und liest den Vers 1.

weitergehen

Ab dem zweiten Teil des Buches
brauchst du eine Bibel oder eine Bibel-App.

FATAL ERROR!

Christoph Müller

Achtung Interview!

bumlnk.de/
bej-fatal-error

Vom Umgang mit Fehlern
Psalm 51

Jetzt Bibeltext lesen!

Es gibt Dinge, die passen nicht zusammen: Sportsocken in Sandalen. Paprikachips und Milch. Fahrräder auf der Autobahn. Dreck auf dem Anzug vom Abschlussball. Menschen und Sünde.

Die ersten Beispiele sind gut nachvollziehbar. Doch das letzte? Wieso kommt das auf einmal um die Ecke? Weil es etwas ist, das uns häufiger begegnet als Menschen in Sportsocken und Sandalen. In unserer Welt sind wir oft mit Fehlern, Täuschungen und Lügen konfrontiert. Sie geschehen absichtlich oder unbeabsichtigt. In unseren Beziehungen gibt es Dinge, die uns das Leben schwer oder unmöglich machen. Ganz wenige Menschen behaupten von sich, dass ihnen noch nie Fehler passiert sind und sie noch nie angelogen wurden.

David war erfolgreich, aber nicht perfekt. Psalm 51 findet Worte dafür, wie seine Fehler ihm das Herz (und das Leben) schwergemacht haben. Er hat erlebt, welche Auswirkungen Täuschungen und Lügen haben können, wie eine Lüge die nächste nach sich gezogen und wie das seine Beziehungen belastet hat. Für David war die Beziehung zu Gott wichtig. Er wusste, dass Sünde und Schuld auch seine Beziehung mit Gott beeinflussten.

Gott hat genaue Vorstellungen davon, wie ein gutes Leben für uns Menschen aussehen kann. So sind z. B. seine Gebote wie Verkehrsregeln fürs Leben, damit die Welt nicht im Chaos versinkt. Bei einigen Verkehrsregeln ist es so, dass wir bestraft werden, wenn wir uns nicht daran halten und dabei erwischt werden. Dann drohen Bußgeld oder Punkte. Manche Fehler haben aber auch eine direkte Auswirkung: Wenn man bei Rot eine stark befahrene Kreuzung überquert, bleibt das nicht ohne Konsequenzen – ganz ohne Polizei.

In dieser Welt gibt es Schuld und Sünde. In Gottes Welt gibt es aber keine Fehler, Täuschungen und Lügen. So wie man mit schlammigen Klamotten nicht einfach auf den Abschlussball gehen kann, können wir Gott nicht begegnen, wenn wir unsere Sünden mit uns herumtragen. Deshalb bittet David Gott um Vergebung, die wie eine Tiefenreinigung bei einem dreckigen Anzug wirkt. Er wünscht sich ein neues Herz, befreit von dem „Schmutz" seiner Fehler.
Gott gibt uns nicht nur gute Anleitungen für unser Leben, sondern die Möglichkeit, neu anzufangen. Das zieht sich wie ein roter Faden durch viele Geschichten in der Bibel: Dieser Gott ist ein liebevoller Gott ist, der sich nach gesunden Beziehungen sehnt. Im Neuen Testament stellt er sich selbst in seinem Sohn Jesus vor und zeigt, dass er mit jedem Menschen eine gute Beziehung haben möchte.

Ein Neuanfang ist nicht nur zwischen Gott und uns Menschen möglich. Ein Neustart mit Gott ermöglicht es uns, auch einander zu vergeben und Beziehungen neu zu gestalten, Fehler zu bekennen und um Entschuldigung zu bitten.

Welches Ereignis macht dir das Leben schwer? Wo hast du Worte gesagt, Dinge gedacht oder getan, die andere verletzt haben? Wem möchtest du am liebsten nicht mehr begegnen, weil dieser Mensch dir weh getan hat? Stell dir diese Situation oder Person vor und schau, was passiert, wenn du die Verse 9-14 betest.

KOPF HOCH!

Simon Trzeciak

Achtung Interview!

bumlnk.de/
bej-kopf-hoch

Vom Trost
Jesaja 40,18-31

Jetzt Bibeltext lesen!

„Ich möchte Gott ja vertrauen, aber es passiert einfach nichts, was meine Lage verbessert! Kann und will Gott mir überhaupt noch helfen? Hat er überhaupt noch im Blick, was gerade bei mir abgeht?"

Es gibt Momente im Leben, da stellt man Gott so richtig infrage und zweifelt an ihm. Gerade dann, wenn das Leben einen in die Knie zwingt. Da liegt es auf der Hand, sich von Gott abzuwenden.

Den Menschen, über die der Text berichtet, geht es ähnlich. Enttäuscht und verzweifelt rufen sie: „Gott interessiert sich nicht für mich! Er bemerkt nicht, dass ich Unrecht leide!" Und plötzlich werden andere Dinge interessant: Andere „Götter", die vielleicht helfen könnten. Andere Ideologien, die überzeugender wirken. Menschen, die einem viel versprechen. Der Text soll die Menschen wachrütteln, bevor das passiert. Darum: „Hast du´s noch nicht begriffen? Hast du es nicht gehört? Gott ist der Herr der ganzen Welt." Trotz ihrer Zweifel sollen die Menschen, damals wie heute, weiterhin an Gott festhalten.

Ich merke, wie sich etwas in mir dagegen sträubt. Wenn es mir wirklich schlecht geht, hilft mir das doch nicht weiter! Das klingt mehr nach billigen Durchhalteparolen als nach echtem Trost! Und leere Worthülsen bringen wenig, wenn man den Boden unter den Füßen verliert.

Der Verfasser des Textes bietet jedoch keinen billigen Trostversuch. Im Gegenteil. Für ihn ist klar: Sich an Gott zu halten – das trägt. Es gibt nur einen einzigen Gott. Er hat den Himmel und die Erde geschaffen. Er ist der Herr der Geschichte und mächtiger als alles andere. Auch mächtiger als das, was mir so zu schaffen macht. Er fordert die Menschen auf: „Riskiert es, Gott zu vertrauen. Wendet euch nicht von ihm ab!" Es lohnt sich, seine Worte selbst nachzulesen (V. 22-26).

Wenn es stimmt, was er sagt, kann uns das wirklich Trost spenden: Mit Gott haben wir den Mächtigsten an unserer Seite – auch, wenn manches andere so übermächtig scheint. Gott hat uns im Blick, und zwar jeden einzelnen Menschen. Wir sind seine Geschöpfe und er kümmert sich um uns.

Warum es uns trotzdem oft so vorkommt, als ob Gott uns vergessen hätte und ihm die Hände gebunden wären? Ich weiß es nicht. Und trotzdem tröstet mich die Botschaft, dass Gott allmächtig ist. Er reicht mir nicht immer die fertige Problemlösung vom Himmel, aber er reicht mir seine Hand! Oder wie es im Text formuliert ist: „Er gibt dem Müden neue Kraft und macht den Schwachen wieder stark. [...] die auf den Herrn hoffen, bekommen neue Kraft" (V. 29.31).

Und es kommt die Zeit, in der gilt: „Sie rennen und werden nicht matt, sie laufen und werden nicht müde" (V. 31). Die Situation wird sich ändern. Hoffentlich schon in diesem Leben, spätestens aber, wenn Gottes Geschichte mit uns auch nach dem Tod weitergeht. Dem Herrn der ganzen Welt ist das möglich! Mich tröstet das.

Klebe dir einen Zettel mit dem Satz „Der Herr der ganzen Welt ist an meiner Seite" an eine Stelle, wo du ihn oft siehst. Diese Zusage kann in schwierigen Zeiten Trost und Hoffnung sein.

NICHT ALLEIN?!

Simon Trzeciak

Von Scherbenhaufen des Lebens
Jesaja 42,1-9

Jetzt Bibeltext lesen!

Es geht ganz schön turbulent zu in unserer Welt. Hilflos stehen wir vor den Problemen und Krisen unserer Zeit. Vieles scheint zu zerbrechen. Und auch unser eigenes Leben gleicht manchmal einem Scherbenhaufen: Gestörte Beziehungen, kaputte Umwelt, enttäuschte Liebe – wir werden verletzt und wir verletzen andere. Und in dieser Welt soll Gott tatsächlich wirken? Hier soll Gott regieren? Da kann man völlig zu Recht fragen: Wessen Wille gilt tatsächlich in dieser Welt?

Der Text berichtet von einem „Knecht" Gottes, den Gott ausgewählt hat, damit an ihm sichtbar wird, wie Gott liebevoll und gerecht auf der Erde herrscht. Die Frage, wer genau dieser Knecht ist, bleibt offen.
Aber der Verfasser des Textes gibt eine Antwort auf die Frage, ob man angesichts all der Missstände in der Welt Gott überhaupt noch vertrauen kann. Er behauptet: Doch, Gott hat die Welt unter Kontrolle. Er wird zu seinem Ziel kommen! Und alle, die zusehen, werden erkennen: Nur er allein ist Gott. Alles andere ist nichts gegen ihn.

Aber warum ist Gottes Wirken für uns dann nicht viel deutlicher zu erkennen? Vielleicht liegt das daran, dass Gott nicht immer den lauten und spektakulären Weg wählt. Er schreit nicht und ruft nicht laut.
Auch Jesus geht viele hundert Jahre später eher leise durch diese Welt. Er greift nicht zum Schwert, um die Sache Gottes durchzusetzen. Er führt keine fromme Show und keine Zwangsbekehrungen durch. Wenn's drauf ankommt, redet er ganz schön pfeffrig und ist absolut eindeutig. Aber er lässt den Menschen, die er anspricht, die freie Wahl und hat Geduld mit ihnen. Er wählt nicht den lauten und auch nicht den spektakulären Weg um zu zeigen, dass Gott regiert und dass ihm selbst der Tod nicht im Wege stehen kann. Kein

Wunder also, dass sich seitdem immer wieder Menschen fragen, ob vielleicht Jesus der Knecht Gottes ist, der im Buch Jesaja beschrieben wird.

Zumindest hilft uns der Blick auf Jesus, wenn es um die Scherben unseres eigenen Lebens geht. Jesus drückt nicht einfach auf die „Reset"-Taste und macht alles ungeschehen. Verletzungen tun weh. Aber Jesus kann damit umgehen. Er ist Experte in Sachen Verletzungen. Wir dürfen mit all unseren Wunden, unseren Macken und Narben zu ihm kommen. Er ist stärker als das, was uns verletzt. Wir können ihm vertrauen. Er trägt uns – auch in schwierigen Zeiten.

Was bei Jesaja steht, ist wahr: Gott regiert immer noch die Welt. Und nicht nur das. Spätestens durch Jesus wird deutlich: Gott setzt dem Leid und den Verletzungen etwas entgegen. Schon jetzt, und endgültig dann, wenn wir nach dem Tod mit ihm verbunden sind. Dann wird es so sein, wie es Vers 7 beschreibt: „Du wirst Blinden die Augen öffnen und Gefangene aus dem Kerker holen. Und die im Dunkeln sitzen, befreist du aus der Haft".

Hör dir das Lied: „He reigns" von den Newsboys an (z. B. auf YouTube: www.youtube.com/watch?v=Y8R9ZPT2T-I; letzter Zugriff am 9.6.2021).
Gott regiert. Mit ihm kann es keiner aufnehmen.
Diese Gewissheit gibt Halt, auch im Angesicht des Leids.

VERBOCKT?!

Simon Trzeciak

Von Schuld und Gerechtigkeit
Jesaja 53,1-12

Jetzt Bibeltext lesen!

Es gibt Dinge und Verhaltensweisen, die wir nicht lassen können. Wir wollen nicht so handeln und wissen auch, dass es uns nicht guttut – aber aus eigener Kraft können wir uns nicht davon lösen. Gleichzeitig lassen wir uns nur selten von Gott reinreden und denken: Ich kann es allein! Ich weiß selbst, was ich zu tun und zu lassen habe.

Wenn unsere Neigungen, Wünsche und Handlungen sich gegen Gott oder unsere Nächsten richten, verletzt das unsere Beziehung zu Gott und zu den Menschen. Die Auswirkungen davon bekommen wir Tag für Tag drastisch vor Augen geführt. In der Bibel wird das Sünde genannt.
Sünde ist keine Lappalie, sondern sie stört unsere Beziehung zu Gott zutiefst. Gott leidet, wenn Böses geschieht. Er leidet, wenn Menschen gedemütigt oder gequält werden, wenn Macht missbraucht wird, wenn Menschen selbst Gott spielen möchten. Im Großen wie im Kleinen haben auch wir da fleißig unsere Hände im Spiel. Sünderinnen und Sünder – das sind nicht nur die anderen, dazu gehören auch wir selbst.

Leider können wir nicht alle Fehler wiedergutmachen. Als Sünderinnen und Sünder sind wir darauf angewiesen, dass Gott selbst das Entscheidende tut, um den Bruch in unserer Beziehung zu ihm zu überwinden. Und das tut er! Der Text spricht von einem „Knecht", durch den Gott das möglich macht. Vom Neuen Testament her können wir Jesus als diesen Knecht ansehen: Am Kreuz ist genau das passiert, wovon der Jesaja-Text schon früher gesprochen hatte – „der Herr lud all unsere Schuld auf ihn. […] [Der Knecht] setzte sein Leben für andere ein und trug an ihrer Stelle die Schuld. […] Er trug die Sünde von vielen Menschen und trat für die Schuldigen ein" (V. 6.10.12).

Das Kreuz war kein schöner Ort. Im Gegenteil, das Kreuz war brutal (eine Vorstellung davon vermittelt schon der Jesaja-Text). Warum musste Jesus so etwas Furchtbares erleiden – für mich?
Das abgrundtiefe Böse in dieser Welt entlädt sich sozusagen am Kreuz und richtet sich gegen Gott. Und Gott erträgt es. Er nimmt es auf sich und verwandelt es in neues Leben. Am Kreuz opfert nicht ein grausamer Vater seinen hilflosen Sohn gegen dessen Willen. Es ist eher so: Gott erfährt für unsere Rettung dieses Leid am eigenen Leib – Jesus stirbt, um den Bruch in unserer Beziehung zu ihm zu überwinden. So sehr liebt er die Menschen und seine Liebe ist stärker als der Tod.

Jesus tut das für uns. Wir müssen nicht so tun, als hätten wir nichts falsch gemacht, sondern wir dürfen mit dem, was kaputtgegangen ist, und mit all unserer Schuld zu Jesus kommen und sagen: „Ich brauche nichts so sehr, als dass du für mich einstehst und mir hilfst." Gott vergibt uns, er rechnet uns unsere Schuld nicht mehr an. Anstelle der Strafe, die wir verdient hätten, steht Jesus am Kreuz für uns ein!

Mache dir über folgenden Satz von Sören Kierkegaard Gedanken: „Wir sind verlorener, als wir zugeben wollen; wir sind tiefer erlöst, als wir zu hoffen wagen!"

IMMER NOCH?!

Simon Trzeciak

Von Neuanfang und Treue
Jeremia 31,31-34

Jetzt Bibeltext lesen!

„Jetzt reicht es!" „Bis hierher und nicht weiter!" „Meine Geduld ist zu Ende!" Sätze, die uns immer wieder begegnen. Und es stimmt ja auch: Irgendwann ist das Fass einmal voll. Ob Gott die Geduld mit uns Menschen wohl auch einmal verliert?

Gott sucht die enge Verbindung zu den Menschen. Diese Verbindung bekräftigt er in dem Bund, den er mit Israel schließt: „Ich werde ihr Gott sein, und sie werden mein Volk sein" (V. 33). Dieses Versprechen gilt unbedingt und unverbrüchlich.

Das Volk Israel hat das erlebt. Der Auszug aus Ägypten war für Israel die große Machtdemonstration Gottes. Gott hat zu seinem Volk gehalten und damit bewiesen, wie ernst es ihm mit seinen Versprechen ist. Und trotzdem berichtet das Alte Testament mehrfach davon, wie die Menschen des Volkes Israel den Bund mit Gott brechen. Sie wenden sich anderen Gottheiten zu, vergessen, was Gott ihnen versprochen hat, und leben ihr Leben in einer Weise, die Gott missfällt: „Doch sie haben meinen Bund gebrochen – dabei war ich doch ihr Herr" (V. 32)!

Dass da bei Gott das Fass nicht überläuft, ist erstaunlich. Er hält weiter an seinem Volk fest. Immer wieder ruft er die Menschen auf, zu ihm zurückzukehren. Der Neuanfang für Israel ist möglich, trotz allem, was geschehen ist!

Diese Aussagen über Gottes Treue zu Israel bringen mich ich ins Grübeln: Warum geht Gott im Alten Testament nur mit Israel einen besonderen Bund ein? Hat Gott denn auch die anderen Völker im Blick? Hat er auch uns heute im Blick?

Gott geht den Bund mit den Israelitinnen und Israeliten nicht ein, weil sie besser sind als andere Menschen. Und von Anfang an hat Gott auch alle anderen Menschen mit im Blick – an vielen anderen Stellen des Alten Testamentes wird das schon deutlich. Gott ist also nicht nur Israel treu, sondern allen Menschen, die zu ihm gehören wollen.

Der Bibeltext spricht von einem neuen, zukünftigen Bund, der für immer bestehen soll. Gott ermöglicht uns einen Neuanfang – und es kommt eine Zeit, in der Gott für alle Menschen erlebbar sein wird.
Vom Neuen Testament her wird deutlich: Im Kommen Jesu wurde dieses Versprechen endgültig erfüllt. Jesus hat das Verlorene gesucht und das Verirrte wieder zurückgebracht. Er ist der versprochene Retter der ganzen Welt. Durch ihn gibt es eine endgültige Versöhnung zwischen Mensch und Gott, „[d]enn ich werde ihnen ihre Schuld vergeben und nicht länger an ihre Sünde denken" (V. 34). In Jesus wird der „neue" Bund für alle sichtbar, er gilt für alle Menschen aus allen Völkern zu allen Zeiten.

Neuanfänge sind möglich, Gottes Geduldsfaden reißt nicht. Das verspricht er uns in diesem Text und durch Jesus. Gott ist treu, auch über den Tod hinaus. Ewig. Und wir sind eingeladen, uns ihm immer wieder zuzuwenden und uns auf seine Treue zu verlassen.

Vielleicht kann dir ein Armband, eine Kette, ein Ring oder ein Bändchen am Schlüsselbund helfen, dich an Gottes Versprechen/Bund zu erinnern.

Themenseite:

BIBEL – WAS JETZT?!

Was ist bisher geschehen

und wie geht es weiter?

Was ist bisher alles geschehen?

1 Mose / Genesis 1–2 (???)
Gott erschafft die Erde und mit ihr die Menschen. Doch die anfangs perfekte Welt geht in die Brüche, weil die Menschen sich gegen Gott stellen.

1 Mose / Genesis 6–9 (???)
Gott beschließt, die Menschheit auszulöschen, weil sie in seinen Augen böse ist. Mit Noach und dessen Familie macht er einen Neuanfang.

1 Mose / Genesis 12–36 (um 1.800–1.500 v. Chr.)
Gott erwählt Abraham und gibt ihm das Versprechen, aus seinen Nachkommen ein großes Volk zu machen. Abraham ist der Großvater von Jakob, der zwölf Söhne hat (einer davon ist Josef). Aus dieser Familie geht das Volk Israel hervor.

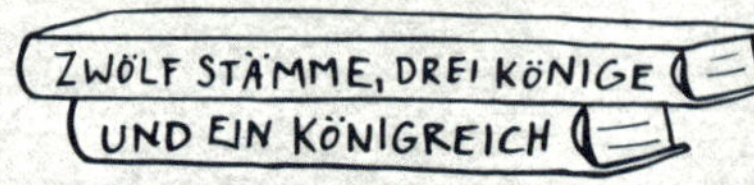

1 und 2 Samuel; 1 Könige 1–11; 2 Chronik 1–9 (bis ca. 930 v. Chr.)
Als das Volk Israel einen König fordert und nicht lockerlässt, salbt Samuel Saul zum ersten König von Israel. Saul versagt, weil er nicht auf Gott hört, sondern eigene Ziele verfolgt. Gott setzt einen anderen als König ein: David. Nach ihm regiert sein Sohn Salomo, der für seine Weisheit bekannt ist. Er lässt einen Tempel für Gott bauen.

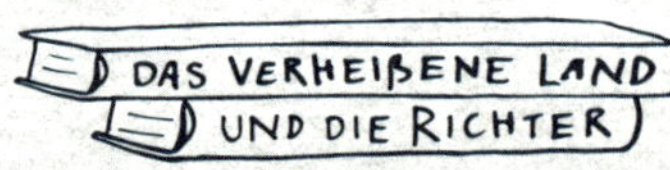

Josua und Richter (ab ca. 1.200 v. Chr.)
Unter Josuas Führung nimmt das Volk Israel das verheißene Land ein. Doch es ist von feindlichen Völkern umgeben. Immer wieder kommt es zu Kämpfen. In solchen Notzeiten beruft Gott sogenannte Richter. Sie führen das Volk und retten es immer wieder vor Feinden.

2 Mose / Exodus 14 bis Josua (um 1.300–1.200 v. Chr.)
Weil das Volk Israel nicht auf Gott hört, wird seine Reise durch die Wüste zu einer 40-jährigen Odyssee. Von 2 Mose / Exodus bis Josua geht es um die Zeit, die das Volk in der Wüste verbringt.

2 Mose / Exodus 1–13 (um 1.500–1.300 v. Chr.)
Durch Josef landet seine Familie in Ägypten. Sie wird dort zu einem großen Volk, endet aber in der Sklaverei. Unter Moses Führung flieht das Volk Israel und macht sich auf den Weg ins verheißene Land.

1 Könige 12–13; 2 Chronik 10–12 (bis ca. 850 v. Chr.)
Nach Salomos Tod wird sein Sohn Rehabeam König. Er ist ein grausamer Herrscher. Die nördlichen Stämme Israels lehnen sich gegen ihn auf und wählen Jerobeam als ihren König. Das Reich teilt sich in das Nordreich Israel und das Südreich Juda.

2 Könige bis Maleachi (um 850–400 v. Chr.)
Im weiteren Verlauf wird die Geschichte der getrennten Reiche Israel und Juda fortgesetzt. Überwiegend regieren schlechte Könige.
Das Volk Israel entfernt sich von Gott. Gott schickt Propheten, um es zu warnen. Letztlich werden beide Reiche von Feinden erobert, viele Menschen müssen ins Exil. Ab 538 v. Chr. dürfen sie wieder zurückkehren. In Jerusalem werden die Stadtmauern und der Tempel wiederaufgebaut.

(um 400–7-4 v. Chr.)
Maleachi wirkt im 5. Jahrhundert v. Chr. Seine Weissagungen bilden eine Brücke zwischen Altem und Neuem Testament. Nach ihm treten keine weiteren Propheten mehr auf. Aber Gottes Volk wartet auf den versprochenen Retter.

Wie geht es weiter?

Die Evangelien nach Matthäus, Markus, Lukas und Johannes (um 7-4 v. Chr.–30 n. Chr.)
Der versprochene Retter erscheint auf der Bildfläche: Jesus Christus. Im Alter von ca. 30 Jahren zieht er umher, sammelt Schülerinnen und Schüler um sich, spricht von Gottes neuer Welt und tut Wunder. Er stirbt am Kreuz, bleibt aber nicht tot, sondern ersteht nach drei Tagen wieder auf. Wenig später kehrt er in den Himmel zurück.

Apostelgeschichte (um 30–90 n. Chr.)
Nachdem Jesus in den Himmel zurückgekehrt ist, empfangen seine Jünger seinen Heiligen Geist. Die Botschaft von Jesus Christus verbreitet sich überall, es entstehen Gemeinden an verschiedenen Orten der Welt.

Apostelgeschichte 9–28 (um 32–64 n. Chr.)
Paulus (sein jüdischer Name ist Saulus) verfolgt zunächst die ersten Christen und zerstört ihre Gemeinden. Als ihm Jesus erscheint, ändert er sein Leben und wird selbst Christ. Er reist durch Kleinasien und Europa und erzählt überall von Jesus Christus. Viele Briefe im Neuen Testament stammen von ihm.

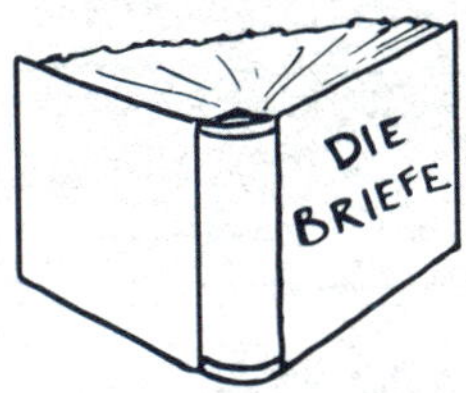

Römer bis Judas (54–110 n. Chr.)
Ein großer Teil des Neuen Testaments besteht aus Briefen an verschiedene christliche Gemeinden und Einzelpersonen. Sie enthalten Ratschläge, Ermutigungen und Warnungen.
Die größte Sammlung bilden die Briefe von Paulus.

Offenbarung (???)
Die Offenbarung schildert vor allem Visionen vom Ende dieser Welt, aber auch eine Zukunft, in der Jesus Christus das Böse besiegt hat.
Am Ende wird es einen neuen Himmel und eine neue Erde geben.

durchstarten

Wir springen zeitlich in das Jahr 0.
Mit der Geburt von Jesus
beginnt eine neue Zeitrechnung.

GLAUB'S DOCH!

Sara-Carina Hofmann

Achtung Interview!

bumlnk.de/
bej-glaubs-doch

Von Gottes Glaubwürdigkeit
Lukas 2,1-21

Erst lesen, wenn es unten im Text steht!

Endlich kein Kind mehr! Ich hab das sehr genossen: später ins Bett gehen, länger draußen bleiben, Urlaub mit Freunden – endlich nicht mehr so auf die Eltern angewiesen zu sein. Stattdessen konnte ich immer mehr Freiheiten genießen. Ich wurde ernster genommen.

Aber ganz ehrlich, eigentlich ist das doch bitter, dass Kinder nicht so wirklich ernst genommen werden! Sie sind die „Kleinen", die noch keine Ahnung haben. Manchmal wirkt es so, als wären Menschen nur glaubwürdig, wenn sie volljährig sind.

Umso schockierender ist es, wie Gott sich uns beim ersten Auftritt auf der Erde präsentiert:

Lies Lukas 2,1-21.

› Was irritiert dich an dem Text, wenn du dir klarmachst, dass Jesus Gott ist?
› Und wie müsste Gott eigentlich sein, damit er für dich glaubwürdig ist und du ihm vertrauen kannst (ich finde, das ist eine wichtige Bedingung für eine tragfähige Beziehung)?

Gott wird Mensch. Er wird ein Baby. Dabei hätte dieser große Gott ja auch in Gestalt eines Ehrfurcht gebietenden Herrschers auf den Wolken herabkommen können. Stattdessen kommt Gott so, dass seine Glaubwürdigkeit infrage gestellt werden kann.

Mich irritiert in der Beschreibung des Textes gleich mehreres: Nicht genug, dass Jesus als Baby in diese Welt kommt – hilflos, verletzlich und klein. Nein, dann wird er auch noch unter jämmerlichem Umständen geboren. Meine Mutter hatte bei meiner Geburt eine Hebamme und ich wurde in ein Bettchen gelegt. Marias Hebamme ist ein vermutlich überforderter Ehemann und das Jesusbaby schläft in einem Futtertrog für Tiere.

Warum entscheidet sich Gott für diesen so zweifelhaften Weg? Er hätte ja alle Möglichkeiten gehabt, uns Menschen von sich zu überzeugen. Wenn jemand einen genialen Masterplan hätte ausführen können, dann doch wohl der Schöpfer des Universums!

Andererseits gibt es viele Herrscher in noblen Palästen, die unendlich weit weg sind von der Lebenswelt der ganz normalen Menschen. Der Abstand ist so groß, dass die echten Probleme nicht mehr zu den Mächtigen durchdringen.
Gott will den Abstand zu den Menschen so gering wie möglich halten. Er stürzt sich in unsere hoffnungslose Welt und bringt Hoffnung. Er ist sich nicht zu fein, um all den Mist durchzumachen, den wir durchmachen. Er weiß, wie es ist, wenn man als junger Mensch nicht für voll genommen wird. Er weiß, wie schwierig das Verhältnis zu den eigenen Eltern sein kann. Er hat selbst erlebt, wie andere hinter seinem Rücken über ihn gelästert haben. Ich brauche Gott nicht zu erklären, wie schwer das Leben sein kann – er weiß Bescheid. So jemanden brauche ich an meiner Seite.

Für mich ist ein Gott, der so nah an meiner Seite geht und steht, glaubwürdig. Ich kann Jesus vertrauen.

Wenn du mit irgendetwas zu kämpfen hast, dann erzähl Jesus davon. Und mach als Erinnerung für dich eine Notiz im Handy, in der du schreibst, womit du gerade zu kämpfen hast, und dazu: „Jesus, danke, dass du verstehst."

LOS GEHT'S!

Sara-Carina Hofmann

Von einem krassen Anfang
Matthäus 3,13-17

Erst lesen, wenn es unten im Text steht!

Das neue Schuljahr beginnt. Der erste Schultag. Ein neuer Lehrer. Alle sind gespannt, wie der wohl sein wird.
Er setzt sich mitten in die Menge, stellt sich mit dem Vornamen vor, alle dürfen ihn duzen. Dann fragt er, was die interessanten Themen in Englisch wären – sie sollen im kommenden Schuljahr behandelt werden. Und dann geht es los.

Zugegeben, das ist schon eine unrealistische Wunschvorstellung: Eine Lehrerin oder ein Lehrer stellt sich erstmal auf eine Stufe mit den Schülerinnen und Schülern. So ein Schulanfang ist doch eher schwer vorzustellen.

Wobei – Jesus startet in seine Zeit als Wanderprediger mindestens genauso überraschend:

Lies Matthäus 3,13-15.

› Was wäre für dich jetzt eine schlüssige Fortsetzung dieser Szene?

Am Jordan befindet sich eine große Menschenmenge aus dem ganzen Land. Sie alle wollen einen gewissen Johannes hören. Er schmiert den Leuten keinen Honig ums Maul. Stattdessen sagt er einen schlichten Satz, der es in sich hat: „Ändert euer Leben! Denn das Himmelreich wird sichtbar in der Welt" (Mt 3,2). Er legt den Finger in die Wunde, um die Menschen zurück zu Gott zu führen. Als Zeichen dafür, dass sie sich wieder Gott zuwenden, lassen sie sich von Johannes taufen. Diese Taufe soll ein Zeichen sein: Alle, die Schuld auf sich geladen haben, können sie symbolisch mit dem Wasser abwaschen lassen.

Jetzt erkennt Johannes plötzlich, dass Jesus, der langersehnte Retter, auch in der Schlange der Wartenden steht. Zwischen der Lästerbacke und dem Besserwisser. Das muss verwirrend sein für Johannes, denn für ihn ist klar, dass Jesus so eine Taufe nicht nötig hat. Jesus ist schließlich ohne Schuld. Trotzdem begibt er sich, indem er sich taufen lässt, mit all diesen Menschen auf eine Stufe. Er ist zwar der Lehrer, aber er hält sich nicht für etwas Besseres.
Johannes sträubt sich dagegen: „Ich müsste doch eigentlich von dir getauft werden! Und du kommst zu mir" (V. 14)? Aber Jesus lässt nicht locker: „Das müssen wir jetzt tun" (V. 15). Damit zeigt Jesus, dass er auf seine Rechte als Sohn Gottes verzichtet. Sonst würde die ganze Idee von „Gott wird in Jesus Mensch" nicht wirklich funktionieren. Trotzdem ist das eine krasse Vorstellung: Jesus wird einer von uns.

› Wie könnte es jetzt weitergehen – was wäre ein sinnvolles Ende der Szene?

Lies Matthäus 3,16-17.

Zurück zu dem Lehrer vom Anfang: Respektspersonen, die einem voll auf Augenhöhe begegnen, riskieren, dass man sie vielleicht nicht mehr so ernst nimmt. Wie wenn Gott das wüsste, macht er direkt im Anschluss an die Taufe klar, das Jesus dennoch nicht nur ein Kumpel ist, sondern trotz allem der heilige Gott: „Das ist mein geliebter Sohn, an ihm habe ich Freude" (V. 17). Jesus tritt zum ersten Mal in Erscheinung. Als der Gott, der einer von uns wird und trotzdem Gott ist.

Wer ist Jesus heute für dich? Gibt es ein Sinnbild, mit dem du ihn beschreiben kannst, z. B. aus der Natur oder deiner Umgebung?

GEGENWIND!

Sara-Carina Hofmann

Von Hindernissen
Matthäus 4,1-11

Erst lesen, wenn es unten im Text steht!

Fahrradfahren und Gegenwind – keine gute Kombination! Man kommt viel langsamer und verschwitzt ans Ziel.
Oder man will eigentlich lernen, aber ständig platzt jemand ins Zimmer und das war's dann mit der Konzentration.
Dass das Leben nicht immer reibungslos läuft, ist kein Geheimnis. Während aber bei einigen Menschen scheinbar alles ganz leicht geht, haben andere eindeutig zu viel Widerstand zu verkraften. Manche Widerstände sind so stark, dass auch Jesus all seine Kraft zusammennehmen musste, um durchzuhalten.

Lies Matthäus 4,1-11.

Schon zu Beginn des Bibeltextes wird eine sehr beliebte christliche Annahme zerschmettert: Wenn man nur eng genug mit Gott verbunden ist, geht es einem gut.
Hier wird uns erzählt, dass Jesus gerade eine 40-tägigen Fastenzeit beendet hat. Dabei verzichtet man auf das Essen, um alle Zeit und alle Energie auf Gott zu richten. Aus dieser intensiven Zeit mit Gott kommt Jesus, als ihm der Teufel begegnet. Offensichtlich bewahrt einen selbst die tiefste Gottesbeziehung nicht vor solchen Erfahrungen.

Daher hilft es, sich genauer anzuschauen, was Jesus tut, um durchzuhalten. Der Teufel spricht im Grunde genommen drei Fragen an, die für alle Menschen elementar sind: Was macht mich satt? Wer schützt mich? Wer oder was bekommt Macht in meinem Leben?

Die Antwort auf jede dieser Fragen ist eigentlich Gott – und Jesus gibt genau diese Antwort: Allem, was der Teufel ihm anbietet, setzt er einen Bibelvers aus dem Alten Testament entgegen. Er macht damit deutlich, dass Gott am meisten zu sagen hat, wenn es um Lebenshunger, Schutz und Macht geht. Gottes guter Wille geschieht da, wo er sich um unseren Hunger und unser Schutzbedürfnis kümmern und die Macht über unser Leben haben darf.

Wir Menschen tendieren aber dazu, dass wir genau bei diesen Themen auf andere Quellen zurückgreifen: Wir suchen uns Ersatzbefriedigung, um unseren inneren Hunger zu stillen. Wir suchen Schutz bei allem möglichem, anstatt bei Gott. Und wir geben zu oft den dunklen und hässlichen Gedanken so viel Macht, dass sie unsere Worte und Taten bestimmen.
Wenn wir Widerständen ausgesetzt sind und merken, dass Gott sein Rang streitig gemacht wird, dann dürfen wir das Gott einfach sagen. Jesus weiß, wie es uns geht. Wir dürfen ihn um Hilfe bitten. Im Vaterunser heißt es: „Und führe uns nicht in Versuchung, sondern erlöse uns von dem Bösen." Darauf dürfen wir vertrauen.

Erzähle Jesus, was dir schwerfällt und wo du gerade Widerstand verkraften musst. Schütte dein Herz bei ihm aus und bitte ihn, dass er dir Hilfe und Stärke und Schutz wird. Überleg dir, wie Jesus mehr Raum in deinem Leben bekommen könnte.

JA, ICH WILL!

Sara-Carina Hofmann

Von der Berufung
Matthäus 4,18-22

Erst lesen, wenn es unten im Text steht!

Abenteuergeschichten am Lagerfeuer – dazu gehört immer dieses lebendige Kribbeln. Wirkliche Abenteuer können ansteckend sein. Sie wecken die Sehnsucht, selbst aus dem Gewöhnlichen auszubrechen, den Alltag zu verlassen und einzusteigen in eine Achterbahn der Gefühle, den vertrauten Raum hinter sich zu lassen, um in eine fremde Welt einzutauchen.
Manchmal lösen Abenteuer jedoch nicht unbedingt ein lebendiges Kribbeln aus. Denn im Abenteuer steckt möglicherweise auch Gefahr. Vielleicht ist „Abenteuer" auch nur ein optimistisches Wort für „Risiko"?
Auf jeden Fall steht fest: Abenteuer sind deshalb so aufregend oder riskant, weil etwas Unvorhergesehenes passiert.

Lies Matthäus 4,18-22.

› Leg deine Bibel neben dich
› Kopiere auf deinem Smartphone den Text aus der Bibel-App in einen Messenger.
› Füge dann passende Emojis hinzu.

Mit welchen Emojis könnte man wohl die Szene hinterlegen, in der Jesus zu ein paar Fischern kommt und sie auffordert, mit ihm zu kommen und seine Jünger zu werden? Wie muss man drauf sein, um so zu reagieren wie Petrus, Andreas, Jakobus und Johannes im Bibeltext? Immerhin lassen sie alles stehen und liegen. Sie kennen diesen Rufenden erst seit Kurzem und schließen sich ihm trotzdem ohne zu zögern an. Sind die vier einfach wilde Abenteurer oder hat Jesus so einladend gerufen, dass sie nicht anders konnten?

Manchmal wäre es toll, so mutig loszugehen – weg von dem deutschen Sicherheitsdenken, hin zum freudigen Schritt ins Unbekannte. Man kann es Risiko oder Abenteuer nennen, aber auf jeden Fall ist das Leben mit Jesus alles andere als planbar. Denn er gibt die Richtung vor. Er zeigt, wo es langgeht.

Vielleicht klingt das jetzt erstmal uncool, weil es reizvoll ist, alles selbst zu bestimmen. Aber Jesus sagt von sich selbst, dass er uns das richtig gute Leben geben will (z. B. im Johannesevangelium, Kapitel 10, Vers 10). Es kann kein besseres Abenteuer geben. Jesus verspricht uns kein abgesichertes und entspanntes Leben. Er lädt uns ein, sich auf ihn einzulassen. Das geht nicht ohne Vertrauen, das immer wieder erneuert werden muss. In der griechischen Bibel steht für „Vertrauen" und „Glaube" übrigens dasselbe Wort.
Leben mit Jesus kann also kein alter Kram von gestern sein. Es ist immer wieder neu ein Abenteuer. Jedes Mal ist neues Vertrauen gefragt.

Überleg mal: Was ist das nächste Abenteuer, in das Jesus dich ruft? Es muss nicht weit weg sein. Manchmal liegt es auch mitten im Alltag: Dem Mobbingopfer helfen, deine Freundinnen und Freunde zum Jugendkreis einladen, für deine Familie beten, anstatt zu zocken. Der Nachbarin oder dem Nachbarn die Einkäufe hochtragen. Einfach das Andersartige mitten im Gewöhnlichen.

HALLO?!

Benjamin Nölke

Achtung Interview!

bumlnk.de/
bej-hallo

Vom Gebet
Matthäus 6,7-13

Erst lesen, wenn es unten im Text steht!

Ich sitze zuhause auf dem Sofa und schiebe meinen Instafeed nach oben. Meine Frau sagt etwas zu mir. Ich schaue nicht auf und antworte nur automatisch: „Ja ... mhm ... das können wir machen." Ja – aber was eigentlich?

Am Sonntag stehe ich in der Kirche. Gemeinsam beten wir das Vaterunser. Ich bete mit. Oder vielmehr ich spreche mit. Denn in meinen Gedanken bin ich schon wieder ganz woanders.

In beiden Fällen bin ich über mich erschrocken. Ich war unaufmerksam und abwesend. Beide Male habe ich einfach nur vor mich hingeplappert. Das trägt nicht gerade zu einer guten Beziehung bei.

Beim Reden mit Gott ist es manchmal sogar besonders seltsam. Nicht nur, dass man schnell abgelenkt ist. Nein – eine andere Person betet und man denkt sich: „Wow, die Person kann sich aber gut ausdrücken! Sie ist so redegewandt und kann so tolle Sätze formulieren ..." Da kommt leicht der Wunsch auf: Das würde ich gern auch können. Und schon traut man sich überhaupt nicht mehr zu beten, weil man denkt: Ich kann das nicht!

Wie ist das bei dir?

› Ist Beten für dich normal oder befremdlich?
› Denkst du Gott kann für dich zum Gesprächspartner werden?
› Was würde dir helfen, regelmäßig das Gespräch mit Gott zu suchen?

Lies Matthäus 6,7-13.

Es ist spannend, was Jesus in diesem Text sagt: Nicht gedankenloses Labern, nicht viele oder besonders schöne Worte werden von Gott gehört. Darum geht es nicht. Jesus sagt: „Euer Vater weiß, was ihr braucht, noch bevor ihr ihn darum bittet" (V. 8). Es ist also gar nicht so entscheidend, was und wie wir beten, sondern Gott freut sich schon allein darüber, dass wir es tun. Aber wie geht Beten?

Eigentlich ist es gar nicht schwierig. Beten ist wie Atmen – das kann jede und jeder. Auf die Wortwahl kommt es am Ende nicht so an. Einfach kann es sein. So, wie man normal redet. Aber auf jeden Fall ernsthaft, nicht gedankenverloren. So, dass der Vater im Himmel zum Gesprächspartner wird. Geht das denn?

Manchmal hilft es dabei vielleicht, ein Gebet zu haben, das man nachsprechen kann. Und genau dafür hat Jesus uns das Vaterunser gegeben. Da muss man nicht an tollen Formulierungen basteln. Da ist in einfacher aber tiefer Weise alles gesagt und vor Gott angesprochen.

Das ist doch eine feine Sache, oder? Das Vaterunser gibt Worte, wenn man sonst keine hat. Das Vaterunser fasst alles zusammen – alle Sorgen und Wünsche, die man nicht aussprechen kann oder für die einem die Worte fehlen.

Nutze doch gleich die Gelegenheit. Geh ins Gespräch mit Gott und bete zum Abschluss das Vaterunser.

MEIN SCHATZ!

Benjamin Nölke

Vom Suchen und Finden
Matthäus 13,44-46

Erst lesen, wenn es unten im Text steht!

Man kennt es aus Filmen. Da gibt es Menschen, die sich finden. Ob Mann oder Frau. Ob in einer Partnerschaft oder „einfach nur" in einer Freundschaft. Diese emotionalen Momente, in denen für Menschen kein Einsatz zu groß ist und sie bereit sind, jedes Opfer zu bringen. Sie verlassen ihr Zuhause, verkaufen ihr Haus – nur, um der anderen Person etwas Gutes zu tun, ihr zu helfen oder sie zu unterstützen. Weil diese besonderen Menschen unglaublich wertvoll sind.

Lies Matthäus 13,44.

Es ist doch bemerkenswert, dass der Mann in diesem Text offensichtlich nicht nach dem Schatz gesucht hat – aber trotzdem hat er ihn gefunden. Zufällig. Voll Glück und Freude über seine Entdeckung verkauft er alles. Nur um den Acker zu kaufen, in dem der Schatz sich befindet. Er denkt nicht lange nach. Er tut es einfach. Ein Blick hat gereicht und dem Mann war offensichtlich klar: Dieser Schatz ist so groß, ich werde auf jeden Fall auf meine Kosten kommen, selbst wenn ich alles andere dafür hergebe. Und so setzt er alles auf eine Karte für einen Start in ein neues Leben mit dem Himmelreich.

Das Himmelreich hat sich finden lassen. Aber was, wenn ich es nicht finde? Es übersehe. Mich irgendwie zu ungeschickt anstelle?

Lies Matthäus 13,45-46.

Total spannend: In diesem Vers wird beschrieben, dass das Himmelreich – also Gott selbst – auch auf der Suche ist. Wie ein Mann, der kostbare Perlen sucht, so sucht Gott nach uns Menschen. Und er findet. Seine Suche ist nicht vergeblich. Und wenn er uns gefunden hat, dann ist er bereit, alles zu geben, um uns für sich zu gewinnen.

Wie ist das bei dir?

› Wie bist du auf den Glauben an Gott gestoßen?
› Hast du Gott gefunden oder bist du von ihm gefunden worden?

Vielleicht bist du ja auch noch auf der Suche. Oder Gott ist gerade dabei, dich zu finden, zum Beispiel über dieses Buch.

Für den Mann, der das Himmelreich im Dreck dieser Welt findet, und für das Himmelreich, das Menschen sucht, die ihm wertvoll sind wie Perlen, gilt jedenfalls das Gleiche: Das Gefundene ist für sie unendlich wertvoll.

Jesus erzählt das seltsamerweise, ohne genau zu erklären, was Gott an den Menschen denn nun so wertvoll findet, dass er bereit ist, alles für sie einzusetzen. Er erklärt auch nicht, warum es für Menschen so wertvoll ist, auf Gott zu stoßen. Warum das so ist, wissen wir nicht.

Vielleicht, weil zumindest das Letztere gar nicht erklärt werden kann. Vielleicht muss man es selbst erfahren, selbst herausfinden, indem man sich diesen Schatz, den Glauben an Jesus, einmal genau ansieht und sich darauf einlässt.

Überzeugen wird uns sowieso nur, was wir selbst erfahren – und nicht, was uns andere erzählen. Also nichts wie los: Mach dich auf Schatzsuche!

Frag eine Person, die an Jesus glaubt, was ihr daran besonders wertvoll erscheint und ob es sich gelohnt hat, dafür auf manch anderes zu verzichten.

Benjamin Nölke

Von Familien und Mitmenschen
Lukas 15,11-32

Erst lesen, wenn es unten im Text steht!

Es ist immer wieder schön, Menschen zu beobachten. Ob in der Fußgängerzone, in einem Restaurant, bei Freundinnen oder Freunden zuhause. Immer wieder kann man Dinge beobachten. Manche bringen zum Lächeln, andere schockieren und wieder andere schrecken ab. Vielleicht hast du schon eine Geschichte vor Augen, die du beobachtest hast. Jetzt sollst du aber ein paar andere Menschen beobachten:

Lies Lukas 15,11-32.

Was für eine Geschichte. Der jüngere Bruder lässt sich das Erbe auszahlen und geht in die Welt hinaus, verprasst das ganze Geld. Der ältere Bruder bleibt zuhause und hilft auf dem Hof weiter mit. Der Vater lässt den Jüngeren gehen und weist am Ende den Älteren zurecht. Verkehrte Welt irgendwie.

Logisch, dass der ältere Bruder eifersüchtig auf den jüngeren ist! Der geht mit seinem Erbe in die Welt und kommt ohne einen Cent zurück. Der Vater schlägt seine Bitte ab, ihn als „normalen" Arbeiter wieder aufzunehmen – und nimmt ihn stattdessen wieder als seinen Sohn auf!

Irgendwie fehlt doch an dieser Geschichte die Szene, in der sich die beiden Brüder aussprechen, vertragen und sich in die Arme fallen. Eifersüchtig sein, streiten und sich dann vertragen – das ist das, was Geschwister doch normalerweise tun. Sich einzugestehen, dass man zusammengehört und die Liebe der Eltern für alle ausreicht.

Jesus erzählt diese Geschichte als Gleichnis – in diesem Fall als Beispiel für die Liebe Gottes zu den Menschen. Ertappst du dich auch manchmal wenn du unter Menschen bist dabei, dass du denkst: „Was will die Person denn hier?" Oder: „Die oder der hat hier aber nichts zu suchen."? Ob das nun am Aussehen, dem Auftreten oder dem Geruch liegt, ist dabei egal. Die Haltung, in der wir da unterwegs sind, macht Unterschiede und will andere Menschen ausschließen.

Die Vorstellung, dass jede und jeder von Gott geliebt ist und zu jeder Zeit zu ihm kommen darf – die fordert heraus! Sie fordert dazu heraus, manche Dinge neidlos anzuerkennen. Das ist nicht immer einfach. Und doch dürfen wir schlussendlich immer in die liebevolle Umarmung unseres himmlischen Vaters kommen. Egal wann. Egal wie. Immer.

› Gottes Arme sind jederzeit für dich offen. Bei welchen Menschen kannst du dir eine liebevolle Umarmung abholen?
› Falls du Geschwister hast: Wie lebst du die Beziehung zu ihnen? Wird bei euch eher abgewogen oder sich gegenseitig gegönnt?
› Wie geht es dir in Bezug auf andere Menschen – was fordert dich da heraus?

Ich schlage dir eine Challenge vor:
Wenn du das nächste Mal merkst, dass du dir denkst:
„Der oder die hat das nicht verdient!", dann erinnere dich daran,
dass Gottes liebevolle Arme immer für dich geöffnet sind.
Weil du geliebt bist, kannst du der Person in Gedanken zusagen:
„Ich will es dir gönnen!" Das wird sicher nicht einfach –
aber lass dich herausfordern!

PARTY!

Benjamin Nölke

Von Gott im Alltag
Johannes 2,1-12

Erst lesen, wenn es unten im Text steht!

Normalerweise würde man auf einer Party ganz sicher nicht mit den Eltern aufschlagen. Und als allerletztes würde man sich ja wohl von seiner Mutter auffordern lassen, mehr Wein zu besorgen. Oder vielmehr Wein zu machen. In kürzester Zeit. Welche Mutter tut sowas? Und wer ist so verrückt und taucht mit seiner Mutter auf einer Party auf?

Aufregende Gedanken. Spannende Fragen.

Lies Johannes 2,1-12.

Das ist ein ganz anderes Bild von Jesus, als wir es sonst so kennen. Auf einer Party. Am Feiern auf einer Hochzeit – da muss was los gewesen sein. Jesus mittendrin, er feiert mit Freunden das Leben und die Liebe. Wow! Und dann geht der Wein aus.

Seine Mutter bittet ihn, doch für neuen Wein zu sorgen Er reagiert – erst einmal widerwillig. Ist es nicht sonderbar, dass er sie nicht „Mama" sondern „Frau" nennt? Er grenzt sich damit deutlich von ihr ab – weil für ihn die Zeit noch nicht reif ist, um als Gottes Sohn in der Welt zu wirken.
Trotzdem hört er ihre Bitte und geht darauf ein – und rettet dadurch die Feier. Er verwandelt einfach Wasser, das massenweise vorrätig ist, in Wein. Starkes Ding!

Der Verantwortliche für das Festessen probiert den Wein und stellt fest: Das ist absolut erstklassiger Wein! Er ist verwirrt – warum wird dieser Wahnsinns-Wein erst jetzt ausgeschenkt, wo die Leute doch schon betrunken sind und ihn überhaupt nicht mehr richtig genießen können. Aber die Party ist gerettet.

Es ist bemerkenswert schön, Jesus hier mitten unter den Menschen und in ihrem Alltag zu sehen. Das ist etwas, das sich durch sein ganzes Leben hier auf der Erde zieht: Immer wieder ist er eingeladen oder lädt sich auch selbst ein – weil er bei den Menschen sein und an ihrem Leben teilhaben will.

Ich finde es genial und berührend, dass Jesus am Leben der Menschen teilnehmen will. Dass er bei meinem Lebens-Fest dabeisein will. Er ist sogar bereit, mir die „Party" zu retten, wenn alles in eine Schieflage kommt. Wie er das macht, welchen Weg er dafür geht, das bleibt seine Sache. Aber er findet einen Weg. So, wie er damals in Kana einen Weg gefunden hat.

› **Was findest du genial daran, dass Jesus an deinem Leben teilnehmen will?**
› **In welchen Situationen möchtest du Jesus an deiner Seite haben?**
› **Gibt es da etwas, wo er dir die „Party" retten kann?**

KEIN WUNDER?!

Lea Garbers

Achtung Interview!

bumlnk.de/
bej-kein-wunder

Vom Sehen und Gesehen-Werden
Markus 10,46-52

Erst lesen, wenn es unten im Text steht!

Sag mal … Wie ist so dein Verhältnis zu Obdachlosen, Bettlern, Junkies? Gibt es überhaupt welche in deinem Ort? Ist es einer? Oder ist es bei dir ähnlich wie bei mir: Wenn ich U-Bahn fahre, werde ich verschämt nach Kleingeld, Essen oder Pfandflaschen gefragt. Wenn ich aus der Haustür trete, haben immer mindestens zwei Personen mit Hund die Nacht unter dem Dach vor dem Kaufhaus verbracht.

Viele sind abhängig, verletzt, krank und riechen übel. Mein Verhältnis zu ihnen ist, sagen wir mal … angespannt. In der Regel gehen wir uns gegenseitig aus dem Weg und versuchen, uns nicht anzusehen.

In der Bibel gibt es eine Geschichte, die schildert, wie eine Begegnung zwischen Jesus und einem Bettler ganz anders abläuft:

Lies Markus 10,46-52.

Jesus heilt also den Bettler. Aber es wäre ein kurzer Text, wenn in der Erzählung von Bartimäus nicht noch mehr zu entdecken wäre: Aus einem blinden Bettler wird ein Sehender, der sich Jesus und seiner Truppe anschließt.

Schöne Geschichte, aber was hat das mit uns zu tun? Ich vermute, fast alle von uns haben ein Dach über dem Kopf, bekommen regelmäßig eine warme Mahlzeit, und haben vermutlich kein Drogen- oder Alkoholproblem. Und wenn jemand eine Sehschwäche hat, dann hat sie oder er wenigstens eine modische Brille oder Kontaktlinsen.

Trotzdem behaupte ich: Wir sehen oft nicht. Wir sind blind für unser Gegenüber. Und dabei ist das Sehen und Gesehen-Werden wesentlich für unser Leben. Denn wir wollen selbst auch gesehen und wahrgenommen werden. Wenn wir übergesehen werden, wenn uns niemand wahrnimmt, geht es uns schlecht und wir sind nicht heil.

Hier zwei Beispiele:

Du bist unfassbar verknallt, aber die Person nimmt dich überhaupt nicht wahr. Du existierst in der Welt deines Lieblingsmenschen quasi nicht – Autsch!

Du versuchst, es deinen Eltern recht zu machen: Nicht zu brav, nicht zu crazy, sportlich ... Du passt dich an und willst von ihnen gesehen zu werden. Nur können oder wollen sie nicht sehen und entdecken, wer du wirklich bist. Das tut weh. Und das macht krank.

Bartimäus hat begriffen, dass Jesus einer ist, der sieht. Der die Verbindung zu den Menschen sucht, egal ob sie duften oder stinken. Er hat Jesus schon gesehen und erkannt, ohne selbst eigentlich sehen zu können. Und jetzt setzt er alles daran, den Kontakt herzustellen. Denn er hat gefühlt, was Jesus ausmacht und was er zu bieten hat: Gesehen und wahrgenommen werden. Heil werden. Und er wird von Jesus gesehen. Er wird heil. Sehen heißt nicht nur gucken. Sehen und Gesehen-Werden ist viel machtvoller: Es macht wieder ganz, was kaputt war. Darum schließt sich Bartimäus letztlich Jesus an. Das ist kein Wunder. Der Rest schon.

Überleg mal:

› Kennst du das Gefühl, nicht gesehen zu werden?
› Fühlst du etwas, wenn du merkst, dass du nicht gesehen wirst?
› Passiert etwas, wenn du dir vorstellst, dass Gott dich so sieht, wie du bist?

Lea Garbers

Vom Angenommen-Sein
Matthäus 9,9-13

Erst lesen, wenn es unten im Text steht!

Wir alle kennen Menschen, die wir für das, was sie tun, sagen wir mal: absolut nicht schätzen. Eine Lehrerin oder ein Lehrer, eine rechtsextreme Person oder die Zahnärztin / der Zahnarzt mit schmerzhaften Untersuchungsmethoden.
Und dann hat jemand, auf den man wirklich große Stücke hält, beschlossen, sich genau mit dieser Personen zu verabreden und anzufreunden. Was soll das? So oder ähnlich könnte es denen gegangen sein, die mit Jesus unterwegs waren.

Lies Matthäus 9,9-13.

- Recherchiere, warum Zöllner zur Zeit Jesu so unbeliebt waren. Dabei können dir neben der Suche im Internet auch das Wortregister hinten in deiner Bibel oder Fußnoten zum Bibeltext helfen.
- Recherchiere, wer die Pharisäer waren, mit denen Jesus sich so oft gestritten hat.

Anders als seine Mitmenschen hat Jesus scheinbar kein Problem mit den Zöllnern. Was er tut, tut er ganz selbstverständlich, in aller Öffentlichkeit und ohne sich zu schämen: Er lädt nicht nur einen Einzelnen, sondern offensichtlich eine ganze Menge Leute, die sich echt unbeliebt gemacht haben, dazu ein, mit ihm mitzukommen. Ihm nachzufolgen. Im Anschluss an diese

Einladung gibt es noch eine Party mit gutem Essen und alle sind fröhlich. Also fast: Dass die Pharisäer sich darüber aufregen und fragen, was das soll, ist irgendwie auch verständlich.

In zwei Richtungen können wir jetzt denken:

1. Möglichkeit: „Wenn Jesus sich mit so uncoolen, unsympathischen Menschen umgibt, warum sollte das dann was für mich sein? Warum sollte ich mich dann für ihn interessieren? Und überhaupt – was ist dieser Jesus denn für einer?"
Zum Weiterdenken: Immerhin hat er es geschafft, Neugierde zu wecken. Und Folgendes verrät uns dieser Jesus-move mit den Unsympathen: Jesus ist anders, als man denkt. Er ist nicht mainstream. Er wird Dinge anders machen, anders denken, anders sagen, als man das vielleicht gern hätte oder erwartet hat. Und vielleicht ist das ein Grund, warum er für dich interessant werden könnte.

2. Möglichkeit: „Wenn Jesus sich mit so uncoolen, unsympathischen Menschen umgibt, dann findet er mich vielleicht doch nicht ganz so uncool und unsympathisch, wie ich mich selbst."
Ich glaube, damit wärst du auf einer richtigen Spur. Denn: Yes! So ist es! Und das kommt, weil Jesus erst sich selbst und dann denen, die mit ihm unterwegs sind, Barmherzigkeit abverlangt.

Barmherzigkeit bedeutet, ein tiefes Verständnis für mein Gegenüber zu entwickeln und danach zu handeln. Das ist eine der Missionen von Jesus. Darum war er hier. Barmherzigkeit ist gelebte Liebe und das ist es, was Jesus seinem Gegenüber entgegenbringt – dem Mörder, dem Dieb, dir und mir. Da sitzen wir in einem Boot, ob wir wollen oder nicht.

Überleg mal:

› „Das Minimum ist Gerechtigkeit. Das Maximum Barmherzigkeit" – was könnte das bedeuten?
› Jesus fordert Barmherzigkeit. Wie barmherzig bist du mit dir?

GANZ ODER GAR NICHT!

Lea Garbers

Von Entscheidungen
Markus 8,27-37

Erst lesen, wenn es unten im Text steht!

In dem Text steckt ziemlich viel drin, deshalb macht es Sinn, dass du ihn dir elegant in drei Abschnitte aufteilst.

Lies zunächst Markus 8,27-30.

Es ist ein bisschen irritierend, dass Jesus die Frage stellt, was die Leute – und speziell seine Jüngerinnen und Jünger – über ihn denken. Das erinnert an eine prominente Person, die ihre Clique fragt, was auf Social Media über sie berichtet wird. Es scheint Jesus nicht egal zu sein, was die Menschen für ein Bild von ihm haben. Jesus ist es wichtig, als der erkannt zu werden, der er ist. Es scheint dann allerdings absurd, dass er Petrus, der die richtige Antwort weiß (sonst hätte Jesus ihm vermutlich widersprochen), ermahnt, nichts davon zu weiterzusagen.

Ich glaube, in diesen drei Versen zeigt Jesus eine absolut menschliche Seite an sich. 100% human. Nur: Es geht noch weiter.

Lies jetzt Markus 8,31-33.

Jesus weiß, was kommt. Er ist sich über seinen weiteren Weg völlig im Klaren. Er benennt ihn, so kommt es mir vor, ohne mit der Wimper zu zucken. Und als Leserin oder Leser kann man sich denken: Es wird grausam und schmerzhaft für ihn. Als Petrus aber so richtig menschlich reagiert, beschwichtigt und vermutlich sowas sagt wie: „Ey, das kriegen wir rumgebogen, wir schaffen dich aus dem Land raus, wir finden einen Weg …", da wehrt Jesus das heftig ab. Er kennt seine Bestimmung und er weiß, dass sie göttlich ist. Weil es Gottes Plan ist. 100% divine.

Wenn du jetzt noch kannst, lies Markus 8,34-37.

Wer sich damals entschied, Jesus nachzufolgen, also loyal zu ihm zu stehen und mit ihm zu leben, der konnte damit rechnen, in Lebensgefahr zu sein. Das ist bei uns heute natürlich anders – allerdings nicht überall. In Nordkorea, Afghanistan, Libyen, Somalia, Syrien, Pakistan und noch einigen anderen Ländern werden Christen verfolgt. Einige bitten deshalb in Deutschland um Asyl. Denn hier dürfen wir nachfolgen, wem wir wollen. Was für ein Privileg!
Dieses Privileg sollten wir nicht verschwenden, sondern prüfen: Ist Jesus eine Option für mich? Wenn ja, dann werden wir in gewisser Hinsicht unser Leben trotzdem verlieren. Denn das Leben, das wir bisher kannten, wird sich absolut tiefgreifend verändern. Wenn wir uns mit Jesus auf den Weg machen, dann ist das keine Garantie für ein rundum tolles und bequemes Leben. Das kann uns niemand versprechen, und das verspricht uns auch Jesus nicht. Aber er schenkt uns im Gegenzug die Erfahrung, wie es ist, als Person rundum wahrgenommen, anerkannt und geliebt zu sein. Klingt das für dich nach einem Deal, der sich lohnt?

Eines ist jedenfalls klar: Es gibt keine halben Sachen, keine 50%. Denn Jesus ist 100% menschlich und 100% göttlich. Aber die Rechnung geht auf – versprochen!

Überleg mal:

› Wer ist Jesus? Noch persönlicher: Wer ist Jesus für dich?
› Was bedeutet „göttlich sein" für dich?
› Was willst du in deinem Leben erfahren?

HOT OR NOT?!

Lea Garbers

Von der Ausgrenzung
Johannes 8,1-11

Erst lesen, wenn es unten im Text steht!

Stell dir vor: Jesus sitzt auf dem Boden. Umgeben von Menschen. Sie warten darauf, dass er sie lehrt. Aber er kritzelt in den Sand. Wie ist es dazu gekommen?

Lies Johannes 8,1-11.

Warum reagiert Jesus mit diesem für uns völlig irritierenden Verhalten? Er nimmt sich einen Freiraum. Vielleicht denkt er nach? Fühlt er mit? Meditiert oder betet er? Völlig unklar, wir wissen nur: Er steigt nicht sofort in eine hitzige Debatte mit den Männern ein, die ihn genau dazu verführen wollen.

Dabei ist die Sache eigentlich indiskutabel, in Stein gemeißelt. Das Gesetz ist eindeutig: Auf Ehebruch steht die Todesstrafe für die Frau. Die Antwort auf die Frage der Männer ist also eigentlich schon klar. Darum haben sie auch schon die Steine dabei. Jesus soll antworten und sich damit bloßstellen. Als jemand, der nicht Bescheid weiß. Als jemand, der Gottes Gebote missachtet, den man nicht ernst nehmen kann, der unmoralisch ist. Als Naivling. Als einer, der nicht dazu gehört, und der darum auch keine Relevanz hat. Es scheint keinen Ausweg zu geben, der für Jesus und für die Frau gut ist. Entweder – oder. Entweder sie oder er.

Entweder „In" oder „Out". Wer kennt das nicht?! Wir leben in vorgegebenen Strukturen, die uns Sicherheit geben sollen. Es gibt bestimmte Regeln. Gnadenlos. Eingleisig. Wer verhält sich wie? Wer leistet was? Aber was passiert, wenn jemand aus der Reihe tanzt, anders aussieht, anders ist, eine andere Religion oder Überzeugung hat? Kann die Person bestehen?

Die Gesellschaft trifft eine Entscheidung: „Pro“ oder „Contra“? Die Kumpels treffen eine Entscheidung: „Hot“ or „Not“? Man selbst trifft eine Entscheidung: „Ich“ oder „Sie“? Oft bleiben nur begrenzte Handlungsmöglichkeiten – uns sind die Hände gebunden. Manche Dinge gehen einfach nicht. Oder? Was sagst nun du dazu?

„Was sagst nun du dazu?“, das wird auch Jesus gefragt und deshalb ist diese Erzählung so interessant.

Entweder „In“ oder „Out“? Ganz so ist es nicht, so ist es eigentlich nie. Es gibt Alternativen, nur ist es manchmal schwierig, sie zu sehen. Wie wäre es zum Beispiel mit „Beziehungsweise“? Wie wäre es, zu verstehen, herauszufinden, zu erleben, dass wir alle gleich verschieden sind. Dass niemand den anderen überlegen ist? Und dass niemand das Recht hat, moralisch über einen anderen Menschen zu urteilen?

Jesus eröffnet eine Alternative und die irritiert: Nur, wer selbst ohne Sünde ist, soll die Ehebrecherin bestrafen. Wo die beiden scheinbar einzigen Optionen Kopfzerbrechen bereiten, eröffnet diese Alternative Raum. Freiraum. Solche Freiräume sind wie Schlupflöcher, die nur der Heilige Geist findet. Für das Göttliche. Für das, was unser Leben so reich und schön macht.

Überleg mal:

› Hast du den Mut, zu irritieren?
› Wie willst du den Freiraum füllen, der dadurch entsteht?

EINFACH MACHEN?!

Christian Bernard

Vom Verlassen der Komfortzone
Matthäus 14,22-32

Erst lesen, wenn es unten im Text steht!

Wann hast du zuletzt etwas völlig Verrücktes getan? Etwas, wovon du dachtest: „Das klappt nie." Etwas, wovon andere sagen: „Das ist doch absolut bescheuert!"

Wie ist es ausgegangen, dieses verrückte Unterfangen? Und wie hätte es noch ausgehen können?

Petrus, einer der Jünger Jesu, der täglich mit ihm am Start gewesen ist und auch gerne mal verrückt, tollpatschig, vorlaut und dennoch mutig war, hätte wohl auch nicht gedacht, dass das, was er da vorhat, wirklich geht.

Lies Matthäus 14,22-32.

› Was gefällt dir?
› Was fordert dich heraus?
› Was erinnert dich an deinen Lebensalltag?

Petrus wagt etwas Neues, als er den Schritt aus dem Boot und auf das Wasser hin zu Jesus macht. Er wagt es, weil er Jesus vertraut. Er wagt es, ohne lange darüber nachzudenken.

Im Alltag ist das oft nicht anders. Man wagt etwas. Vielleicht auch, weil andere einen dazu ermutigt haben. Manchmal macht man es wie Petrus und legt einfach los. Ein anderes Mal überlegt man sich dann sehr genau, was man da vorhat. Man bedenkt mögliche Herausforderungen, Probleme und Konsequenzen. Wägt alles genau ab, um bloß nicht zu scheitern, denn Scheitern ist selten gern gesehen.

Aber warum eigentlich? Das Scheitern gehört doch ebenso zum Leben wie der Erfolg! Wer neues wagt, scheitert auch mal. Hier einige Beispiele:

- Über Thomas Edison (Erfinder der Glühbirne) sagten seine Lehrer, er wäre zu dumm, um irgendetwas zu lernen.
- Joanne. K. Rowling wurde mit ihrer Idee zu „Harry Potter" von den Verlagen abgewiesen. Irgendwann erbarmte sich ein Verlag und druckte 5.000 Exemplare. Inzwischen wurde „Harry Potter" in 65 Sprachen übersetzt und mehr als 400 Millionen mal verkauft.

Wer Neues wagt und scheitert, findet sich manchmal – genau wie Petrus – in einer Art Sturm wieder. Das kann schmerzhaft sein. Dann stellt sich die Frage: „An wen kann ich mich wenden? Wem kann ich vertrauensvoll von meinem Scheitern erzählen?"

Im Bibeltext geht Petrus unter. Er lässt sich von Wind und Wellen übermannen, kommt ins Wanken und ist auf Hilfe und Halt angewiesen.

Jesus, der ihn ermutigt hatte aus dem Boot zu steigen und Neues zu wagen, gibt ihm diesen Halt. Auch wenn er ihn ermahnt, hält er ihn fest.
Dieser Halt im Leben gilt jeder und jedem von uns. Wenn wir Neues wagen, dann können wir das mit Jesus an unserer Seite tun.

„Wer immer tut, was er schon kann, bleibt immer das, was er schon ist" – Henry Ford (Gründer der Automarke Ford).

Könnte es sein, dass es nicht nur unseren Horizont erweitert, wenn wir Neues wagen – sondern dass wir auch wachsen? Könnte es sein, dass wir, wenn wir neue Schritte gehen, auch aus Stürmen des Lebens heraustreten und erleben, dass wir von Jesus gehalten sind?

HILFE!

Christian Bernard

Von Angst und Verzweiflung
Markus 14,32-46

Erst lesen, wenn es unten im Text steht!

Verraten. Verlassen. Verzweifelt. Allein. Niemand, der hinter einem steht. Nichts, was man tun kann. Angst, die einem schwer im Magen liegt. Zweifel – an sich selbst, am Leben, an Mitmenschen, die es doch eigentlich gut mit einem meinen. Man steht allein da.

Es gibt Lebenssituationen, in denen uns diese Gedanken und Gefühle bestimmen und bewegen. Situationen, in denen wir uns selbst nicht leiden können und glauben: „ Mich braucht ohnehin niemand."
Wir fühlen uns allein gelassen, wenn wir einen offensichtlichen Fehler gemacht haben und ihn ständig unter die Nase gerieben bekommen. Wenn sich nach einer Trennung oder einer Auseinandersetzung der gesamte Freundeskreis gegen uns stellt. Oder wenn wir an uns selbst, den Aufgaben in der Schule oder der Ausbildung verzweifeln und uns fragen, warum uns niemand hilft oder unsere Not sieht.

Allerdings sind wir nicht die ersten, denen das passiert. Wahrscheinlich kennt das jeder Mensch. Noch viel krasser ist, dass sogar Jesus dieses Gefühl schon einmal erlebt hat.

Lies Markus 14,32-46.

Faszinierend, oder?

Lebenssituationen, Gefühle und Emotionen, die wir aus unserem Alltag kennen, hat Jesus auch erlebt. Sie sind ihm nicht fremd. Das zeigt, dass Jesus – der, von dem man sagt, dass er Gottes Sohn ist – zugleich auch einfach nur Mensch ist. Ein Mensch mit Gefühlen und Emotionen. Einer wie du und ich.

Im Garten Gethsemane lassen nicht nur die Menschen, mit denen er unterwegs war, Jesus im Stich. Er fühlt sich auch von Gott – seinem Vater! – alleingelassen. Er empfindet völlige Verlassenheit.

Gott antwortet ihm nicht auf sein Gebet. Er verhindert nicht, dass die Ereignisse ihren Lauf nehmen und Jesus gefangen genommen wird. Und seine Jünger lassen ihn im Stich. Sie schlafen ein, anstatt aufzupassen und zu beten.

Besonders ist, wie Jesus in dieser schweren Situation mit seinen Gefühlen umgeht: Man könnte meinen, als Lehrer, Leiter und Vorbild müsste er seine Angst und seine Sorgen doch für sich behalten, stark sein und versuchen, es allein zu schaffen. Doch er tut das Gegenteil: Jesus wendet sich an die Menschen, die ihm am nächsten stehen. Er ist absolut aufrichtig mit seinem Vater im Himmel, als er betet und ihn bittet, dass alles anders kommen soll.

› Überleg mal: Wohin gehst du mit deinen Gefühlen, Ängsten und Sorgen? Könnte Jesus dir ein Vorbild im Umgang mit schweren Situationen sein?
› Mach es wie Jesus: Teile deine Ängste und Zweifel – zum Beispiel mit der besten Freundin oder dem besten Freund oder mit deinen Eltern.
› Manchmal hilft es, das aufzuschreiben, was uns umtreibt, was uns bedrückt und unglücklich macht.
› Und du könntest es Gott sagen. Also beten, ruhig mit deinen eigenen Worten und wie es dir gerade in den Kopf kommt.
› Achte mal darauf, was sich dadurch verändert.

DAS WAR'S?!

Christian Bernard

Achtung Interview!

bumlnk.de/
bej-das-wars

Von Tod und Leben
Markus 15,20b-41

Erst lesen, wenn es unten im Text steht!

Dieser Teil der Geschichte von Jesus hat kein offensichtliches Happy End. Er ist brutal und nicht schön. Aber er ist – ein überaus wichtiger – Teil seiner Lebensgeschichte.

Lies Markus 15,20b-41.

Sein Tod am Kreuz gehört, ebenso wie die Weihnachtsgeschichte, elementar zum Leben von Jesus dazu. Wir können ihn nicht einfach streichen, wegdenken, schönreden oder verheimlichen. Er ist da.

Der Tod gehört untrennbar zum irdischen Dasein jedes Menschen. Neben Nachrichten von Unfällen, Unglücken, Krankheiten und Anschlägen begegnet uns dieses Thema vor allem in der eigenen Familie, im Freundeskreis oder in der Schule. Manchmal ist der Tod ganz weit weg, manchmal viel zu nah.

Häufig ist die Nachricht, dass jemand gestorben ist, plötzlich da. Oft rechnet man nicht damit. Und selbst wenn, es bleibt eine Grenzerfahrung. Man bekommt vor Augen geführt, dass das Leben, auch das eigene, eines Tages zu Ende geht. Das wirft Fragen auf.

„Warum?" Der Verlust eines Menschen ist mit Trauer und Schmerz verbunden. Da kommt die Frage nach dem Warum fast selbstverständlich auf. Sie ist da, weil wir gerade bei Eltern, Freunden, Menschen im jungen Alter nicht einfach akzeptieren wollen und können, dass sie nun fort sein sollen.

Hast du diese Erfahrung, dass das Leben zerbrechlich und begrenzt ist, schon einmal gemacht?

Welche Gefühle löst diese Erfahrung in dir aus? Schreib sie auf – das kann hilfreich sein, um sie besser zu verstehen.

Nimm noch einmal den Bibeltext zur Hand und versuche, das, was Jesus erlebt, mit Gefühlen zu verbinden. Liest du den Text jetzt anders?

Eine andere Frage die nach dem Tod eines Menschen aufkommen kann ist: „Was bleibt von diesem Menschen übrig?" Das ist gar nicht materiell gemeint, sondern hat eher mit Erinnerungen zu tun – an schöne Erlebnisse im Urlaub zum Beispiel, gute Gespräche, eine Macke oder Marotte, die die Person hatte. Etwas, das einen schmunzeln lässt, wenn man daran denkt.

Als Jesus starb, hat das mit Sicherheit eine große Lücke in die Herzen derer gerissen, die ihm nachgefolgt waren. Es blieben Unverständnis, Fragen, Angst und Zweifel.
Aber da war noch mehr: Das Leben von Jesus hatte die Menschen in seinem Umfeld geprägt. Er hatte seine Umwelt durch sein Handeln und seinen Umgang mit den Menschen für immer verändert.

Und nicht nur das. Er hatte die Situation für die ganze Menschheit verändert. Wie sehr und wie umfassend, war den Menschen, die am Tag seines Todes um ihn getrauert haben, vermutlich noch nicht bewusst. Aber der Riss durch den Vorhang im Allerheiligsten des Tempels ließ Großes erahnen (V. 38). Dieser Vorhang schirmte den Ort ab, an dem Gott nach jüdischem Verständnis gegenwärtig war. Diese Abgrenzung wurde durch den Tod von Jesus aufgehoben – der Weg zu Gott war frei.

Überleg mal: Könntest du dir das vorstellen, dass auf dem Friedhof nur das irdische Leben endet und dafür das himmlische Leben, ein Leben in Gottes direkter Gegenwart, beginnt?

GAME OVER?!

Christian Bernard

Von Ende und Anfang
Markus 15,42–16,8

Erst lesen, wenn es unten im Text steht!

Wer hat eigentlich gesagt, dass mit dem Tod alles vorbei ist?

Bevor du jetzt richtig einsteigst, eine verrückte Idee: Pack deine Sachen zusammen und geh auf einen Friedhof, denn jetzt geht es um ein Grab.

Ja, irgendwie stimmt das ja schon. Ob einen dann jemand vermisst? Ich glaube, wenn wir sterben, dann hinterlassen wir vor allem eine Lücke bei den Menschen, denen wir wichtig waren und mit denen wir unser Leben verbracht haben. Außerdem bleibt all das, was wir in unserem Leben so angesammelt haben, als Erbe für die Nachwelt: Fotos, Klamotten, Möbel ... Um all das und auch um unser Begräbnis kümmern sich dann unsere Hinterbliebenen.

Lies Markus 15,42–16,8.

Eine Lücke hat auch der Tod von Jesus hinterlassen – im Leben der Menschen, die ihm nachgefolgt waren. Gleichzeitig muss bei diesen Menschen auch der Alltag weitergehen. Josef von Arimathäa kümmert sich um ein Begräbnis. Maria von Magdala und Maria, die Mutter von Jakobus, wollen nach Jesu Bestattung für seine rituelle Salbung sorgen.

Plötzlich stehen sie vor etwas nie Dagewesenem: Da sitzt einer im Grab und sagt ihnen: „Ihr sucht Jesus von Nazaret [...]. Gott hat ihn von den Toten auferweckt, er ist nicht hier" (Mk 16,6).

Das ist ganz schön krass – stell dir mal vor, man kommt zum Trauern auf den Friedhof und plötzlich sagt jemand, der auf dem Grab sitzt: „Die Person aus dem Grab ist weg!"

Was wäre eigentlich, wenn nach dem Tod doch nicht alles zu Ende wäre? Wenn da noch was kommen würde?
Man nennt Jesus auch den Auferstandenen. Er ist nicht gestorben und das war's. Nein – er hat den Tod bezwungen und damit klargestellt, dass Gott allein Herr über Leben und Tod ist. Das gilt nicht nur für Jesus, sondern auch für uns!

Das Leben von Jesus hat zum Ziel, dass Menschen durch ihn in eine Beziehung zu Gott treten und mit ihm leben können. Die Perspektive Ewigkeit, also die Tatsache, dass nach dem Tod noch etwas kommt, ist die Konsequenz aus einem Leben mit Jesus. Darin liegt das „Geheimnis", das ist der Schlüssel, um einen Perspektivwechsel im Leben zu vollziehen: Wenn wir mit ihm leben, ändert sich unser Blick auf Leben und Tod. Dieser Perspektivwechsel ist das unglaubliche Angebot, das Jesus uns Menschen macht.

Sicher ist es ein Wagnis und man weiß nicht genau, was daraus wird. Sicher ist aber auch, dass über 2 Milliarden Menschen dieses Wagnis bereits vor uns eingegangen sind. Sie haben sich ein Herz gefasst, um ein Leben mit Jesus zu leben, und vertrauen darauf, dass nach dem Tod ein himmlisches Leben in Gottes Gegenwart beginnt.

Kennst du jemanden, die/der an Gott glaubt? Was möchtest du diese Person gern über den Glauben an Jesus fragen? Sprich mit ihr und wäge ab, ob dieser Perspektivwechsel auch etwas für dich ist.

Falls du das möchtest, melde dich bei mir (meine Mailadresse: christianbernard@web.de) und wir quatschen mal über diesen Perspektivwechsel.

SUPERHELDEN GESUCHT?!

Maximilian Mohnfeld

Vom Heiligen Geist
Apostelgeschichte 1,1-14

Erst lesen, wenn es unten im Text steht!

Hulk, Superwoman, Batman – Superheldinnen und Superhelden entführen uns in ihre fiktiven Universen. Sie faszinieren und ziehen uns in ihren Bann. Ausgestattet mit besonderen Kräften und Fähigkeiten riskieren sie immer wieder ihr Leben, um die Menschheit zu retten. Die Gesellschaft braucht sie. Im Kampf für das Gute setzen sie ihre Gabe zum Wohle aller ein.

Nicht umsonst sind diese Comic-Geschichten so erfolgreich. Sie spielen mit dem Bedürfnis, gebraucht zu werden. Wie oft wäre man selbst gern eine solche Superheldin oder ein solcher Superheld? Grenzenlose Kraft wie Hulk oder scharfe Sinne wie Spider-Man zu besitzen – das wäre doch was.

Von jemandem gebraucht zu werden, ist ein zutiefst menschliches Bedürfnis. Wie genial ist es doch, wenn man spürt, dass man anderen Menschen helfen kann! Dem Mitschüler bei den Hausaufgaben zu helfen, sich für den Erhalt der Schöpfung einzusetzen oder anderen Menschen vom Glauben zu erzählen sind Beispiele dafür.

Dieses Bedürfnis kannten die Jüngerinnen und Jünger von Jesus sicherlich auch, denn sie waren drei Jahre lang mit Jesus unterwegs. In diesen Jahren durften sie erleben, wie Jesus sie gebraucht, um das Evangelium unter die Leute zu bringen. Kranke heilen, Dämonen austreiben, Gefangene in die Freiheit führen, Gottes Liebe durch Wort und Tat in der Welt sichtbar werden lassen – all das haben sie erlebt.

Lies Apostelgeschichte 1,4-14.

In dieser Szene beginnt nun ein neuer Lebensabschnitt für die Jüngerinnen und Jünger. Jesus verabschiedet sich zwar von ihnen, was sicherlich Trauer und Unsicherheit auslöst. Aber gleichzeitig verspricht er ihnen, dass er durch den Heiligen Geist weiterhin in ihnen anwesend sein wird. Durch den Heiligen Geist werden sie Kraft empfangen und Zeuginnen und Zeugen für Gottes rettende Botschaft sein. Jesus gibt ihnen zu verstehen, dass sie nach wie vor gebraucht werden.

Das Ermutigende an dieser Geschichte ist der Auftrag, den Jesus hier jeder und jedem von uns mitgibt. Er sieht in uns ein unglaubliches Potenzial. Durch den Heiligen Geist lebt er in uns. Dadurch sind wir Teil der Mission Gottes. Auf den ersten Blick mag das ganz schön überfordernd sein.
Auf den zweiten Blick wird aber klar, dass Gott der eigentliche Superheld ist und wir es deshalb überhaupt nicht sein müssen. Das bewahrt uns vor Stress, Überheblichkeit und Überforderung. Denn Gott wirkt und tut auch heute noch Wunder. Mit den unterschiedlichen Begabungen, die er den Menschen schenkt. Mit der Kraft des Heiligen Geistes, der in uns lebt. Und mit all dem, was jede Einzelne und jeden Einzelnen als Persönlichkeit ausmacht. So lässt Gott die Menschen an seinem Plan zur Rettung dieser Welt mitwirken.

Drei Tipps für den Alltag:

› Was kannst du gut? Welche Stärken hast du?
› Wo will Gott dich gebrauchen? Frag ihn in einem Gebet.
› Wo wird in der Gemeinde Hilfe benötigt? Frag doch einfach mal nach.

Maximilian Mohnfeld

Achtung Interview!

bumlnk.de/
bej-on-fire

Vom Zauber des Anfangs
Apostelgeschichte 2,37-47

Erst lesen, wenn es unten im Text steht!

Das neue Hobby, die neuen Sneakers, die neue Freundin oder der neue Freund – wenn etwas neu ist, verhalten sich Menschen anders als zuvor. Auf einmal wird alle Energie in das neue Hobby gesteckt. Man investiert in neues Equipment. Die Zeit gerät in Vergessenheit. Der neue Sportverein motiviert zu Höchstleistungen und in der neuen Beziehung gibt man sich wieder richtig Mühe. Man zeigt sich von seiner besten Seite.

Irgendwie scheint in einem Neuanfang, einem inneren Tapetenwechsel, ein gewisser Zauber zu stecken. Neuheiten und Neuanfänge wecken eine Leidenschaft, die man zuvor nie kannte oder die lange Zeit nicht mehr zum Vorschein kam. Durch diese Leidenschaft ist man bereit, sein Lebenskonzept, seine Überzeugungen und Vorstellungen noch einmal zu überdenken.

Lies Apostelgeschichte 2,37-47.

Petrus predigt und die Menschen kommen zum Glauben. Es muss eine bewegende Zeit gewesen sein, als die ersten Gemeinden gegründet wurden und Menschen anfingen, an Gott zu glauben. Dabei hat dieser neue Glaube ein Feuer in den ersten Christinnen und Christen entfacht, das lichterloh brannte. Eine ganz eigene Dynamik entstand und sie waren bereit, alles füreinander zu tun. Ihre Begeisterung für Gott kannte plötzlich keine Grenzen mehr. Scheinbar war alles möglich. Immer mehr Menschen kamen hinzu, die Gemeinden wuchsen, sie lebten innige Gemeinschaft und teilten all ihren Besitz. Sie brachen das Brot und beteten miteinander. Solche neugewonnene Leidenschaft setzt Potenzial für Gott und die Mitmenschen frei.

Und dieses Potenzial sollten wir nutzen! Wenn man gerade erst angefangen hat, an Gott zu glauben, dann sind vielleicht noch Fragen offen oder man weiß noch nicht so recht, wie man das Leben mit Jesus gestalten kann. Das ist völlig normal und überhaupt kein Problem. Im Gegenteil: Es ist gut, Fragen zu stellen und nach Antworten zu suchen! In der Bibel, in der Gemeinde, bei anderen Christinnen und Christen. Und dieses innere Feuer kann uns helfen, genau das zu tun. Sich tiefer mit Gott zu beschäftigten oder die biblischen Geschichten zu lesen und immer mehr zu erfahren, wie Gott eigentlich ist. Denn eins ist auch klar: Dieses innere Feuer wird nicht immer so leuchten und brennen wie zu Beginn. Wir kennen diesen Wechsel zwischen Begeisterung und Normalität auch aus anderen Lebensbereichen: Plötzlich zieht man die neuen Sneakers nicht mehr so häufig an und in der Beziehung zieht irgendwann der ganz normale Alltag ein. Es sei denn, man entdeckt das zur Gewohnheit Gewordene plötzlich wieder neu und beginnt, es wieder mit anderen Augen und neuer Begeisterung zu sehen.

Schreib einfach mal all deine offenen Fragen an Gott und den Glauben an ihn auf. Such dir dann eine Person, die schon länger an Gott glaubt und mit der du dich gut verstehst, und rede mit ihr über deine offenen Fragen.

Maximilian Mohnfeld

Von Gaben und Aufgaben
1 Korinther 12,12-31

Erst lesen, wenn es unten im Text steht!

Wir leben im digitalen Zeitalter und heutzutage ist die Welt ohne Smartphone kaum noch vorstellbar. Fast jede und jeder besitzt ein solches Gerät. Sei es von Apple, Samsung oder einem anderen Anbieter: Es erleichtert den Alltag ungemein und man kann unzählige Apps installieren. Eine eignet sich zum Telefonieren, die andere dient als Wecker. Dazu können Notizen verfasst, Sprachnachrichten versendet und Lieblingsspiele endlich auch auf dem Smartphone gezockt werden.

Trotz der unterschiedlichen Funktionen sind sie allesamt Apps auf einem Smartphone. Man kann zwar manche davon löschen, aber es wäre kein Smartphone mehr, wenn man plötzlich nur noch damit telefonieren könnte. Es zeichnet sich durch die Vielfalt der Funktionen aus. Jede App hat ihre ganz eigene Daseinsberechtigung und alle gemeinsam machen das Smartphone so attraktiv. Das Smartphone bietet die Plattform und bündelt. Dabei ist keine App mehr wert als die andere. Teilweise ergänzen sie sich. Mit der einen wird das Foto gemacht, mit der anderen wird es bearbeitet und danach wandert es mittels Messenger-App in die Sozialen Netzwerke.

Ganz ähnlich, wenn auch mit einem etwas anderen Bild, hat Paulus beschrieben, wie (christliche) Gemeinschaft funktioniert.

Lies 1 Korinther 12,12-31.

Paulus benutzt hier den menschlichen Körper als Bild für die Gemeinschaft der Christinnen und Christen. In Korinth war einiges aus den Fugen geraten und Paulus appelliert an die Gemeinde: Ihr bildet – genau wie der menschliche

Körper – eine Einheit. Hört auf, euch zu spalten, sondern bleibt zusammen. Jede und jeder von euch ist wichtig. Ergänzt einander. Denn durch die Taufe gehört ihr alle zum Leib Christi und Gott ist derjenige, der euch befähigt und beauftragt, sich in diese Gemeinschaft einzubringen. Wenn jemand leidet, dann leiden die anderen mit. Wenn jemand geehrt wird, dann freuen sich die anderen mit. Das ist Gottes Idee von Gemeinschaft.

Auch heute noch sind diese Bilder gültig. Ob menschlicher Körper oder Smartphone mit verschiedenen Apps – beide Bilder beschreiben eine Wirklichkeit, die in und durch Gott gegründet ist. Plötzlich schauen wir nicht nur auf uns selbst, sondern haben die anderen mit im Blick. Die Bedürfnisse des Gegenübers sind uns nicht mehr egal. Manchmal gelingt das recht gut. Manchmal bleibt man aber auch hinter dieser Idee zurück. Das ist okay. Denn es gibt keine perfekten Menschen – auch unter uns Christinnen und Christen nicht. Trotzdem verlieren wir einander nicht aus dem Blick und versuchen füreinander da zu sein. Unsere gemeinsame Grundlage ist der Glaube an Jesus Christus. Das stärkt und ermutigt.

Überleg dir doch in den kommenden Tagen, welche App du auf dem Smartphone Gottes bist und wie du anderen in deiner Gemeinde damit dienen kannst.

HALT DICH RAUS?!

Maximilian Mohnfeld

Vom Einmischen
Apostelgeschichte 9,1-22

Erst lesen, wenn es unten im Text steht!

„Das kannst du doch so nicht machen! Mach es so, wie ich es dir gesagt habe!" Solche Sätze kennen wir alle. Oft kommen sie von den eigenen Eltern, aber auch Lehrerinnen, Lehrer oder Geschwister nehmen sich immer wieder das Recht heraus, sich einzumischen. Wenn die Situation oder die Beziehungsebene nicht stimmt, ist das ganz schön fehl am Platz.

Es gibt aber auch Situationen, in denen es sich gut anfühlt, wenn Leute sich einmischen. Nach einer vergeigten Klassenarbeit, wenn man am liebsten alles hinschmeißen will, kann ein aufbauendes Wort von guten Freundinnen und Freunden wahre Wunder wirken. Menschen brauchen Zuspruch. Denn manche Dinge kann man sich einfach nicht selbst sagen. Da braucht es andere, die sich einmischen. Bei alldem stellt sich die Frage: Wer darf das eigentlich? Wem erteile ich die kostbare Erlaubnis, sich einzumischen?

Lies Apostelgeschichte 9,1-22.

Das hätte sich Saulus wahrscheinlich nie vorstellen können: Auf dem Weg nach Damaskus spricht Jesus höchstpersönlich in das Leben von Saulus, dem Christenverfolger. Jesus zeigt sich demjenigen, der Christinnen und Christen verfolgt – und daraufhin vollzieht er, Saulus, einen radikalen Sinneswandel. Die Unterhaltung scheint recht kurz gewesen zu sein. Saulus erlebt, dass dieser Jesus, dessen Anhängerinnen und Anhänger er bisher verfolgt hat, tatsächlich lebt und etwas mit ihm vorhat. Jesus mischt sich ein und sagt: „Du hast dich da in was verrannt". Das verändert das Leben von Saulus komplett. Er ändert seinen Namen in Paulus, folgt Jesus nach und beendet seine Christenverfolgung. Von nun an reist er im Namen von Jesus durch die ganze damals bekannte Welt. Er gründet Gemeinden und predigt das Evangelium. Der Stein kommt ins Rollen, als Jesus zu Saulus spricht und Saulus diese Begegnung zulässt. Auch nach dieser Begegnung hat Paulus diese Einmischung immer wieder zugelassen.

Gott spricht immer noch zu Menschen. Das kann ganz unterschiedlich aussehen: Durch Wunder, durch ein Wort aus der Bibel oder durch andere Christinnen und Christen meldet sich Gott zu Wort und kann dadurch Leben verändern. Wenn das stimmt, erteilen wir ihm dann die Erlaubnis, in unser Leben zu sprechen? Soll und darf er unser Leben prägen?
Die Erlaubnis ist schnell erteilt, aber im Alltag geht Gottes Einmischung dann doch oft unter. Zu schnell holt uns der Alltagstrott ein und um uns herum passieren zu viele Dinge. Deshalb kann es helfen, sich jeden Tag neu bewusst zu machen: Gott meint es gut mit uns. Dann können wir Gott jeden Tag neu die Erlaubnis erteilen, sich in unser Leben einzumischen und es zum Guten zu verändern.

Überleg mal: Erteilst du Jesus heute die Erlaubnis, sich in dein Leben einzumischen? Mach dir an eine Stelle, an der du oft vorbeikommst, eine Notiz: „Jesus meint es gut mit mir.“ Das kann ein einfacher Klebezettel sein, oder ein schön gestaltetes Poster.

FRAG DOCH!

Stephanie Schwarz

Von Wegbegleiterinnen und Wegbegleitern
Apostelgeschichte 8,26-40

Erst lesen, wenn es unten im Text steht!

Es gibt im Leben viele Fragen und Herausforderungen, denen man sich stellen kann und muss: „Welche AGs oder Fächer wähle ich in der Schule?", „Wie mache ich, dass sie oder er sich in mich verliebt?", „Warum bin ich überhaupt auf dieser Welt?" Da kann man sich schon mal überfordert oder hilflos vorkommen.

Die Bibel berichtet von einem äthiopischen Schatzmeister, dem es ähnlich geht. Er hat in seinem Leben das Thema Beruf und Geld schon geklärt, aber anscheinend sind andere große Lebensthemen bei ihm noch offen – vielleicht die Frage nach einem sinnvollen Leben, nach der Grundlage der Welt oder nach Gott? Jedenfalls ist er von Afrika bis nach Jerusalem gereist, um Gott anzubeten und vielleicht Antworten zu finden. Dort hat er ein wertvolles Buch gekauft, in dem er nun auf der Heimfahrt liest. Doch leider bringt ihn das Lesen überhaupt nicht weiter. Statt Antworten findet er nur immer mehr Fragen.

Lies Apostelgeschichte 8,26-40.

Da erscheint Philippus, der schon länger an Jesus glaubt, neben dem Wagen. Er begleitet den Äthiopier ein Stück des Weges und fragt ihn: „Verstehst du eigentlich, was du da liest?" Er könnte auch fragen: „Verstehst du, um wen es da geht? Kapierst du, welche Rolle Gott in deinem Leben spielen möchte?"

Wer kennt das nicht? Wahrscheinlich fallen jeder und jedem Glaubensfragen und Lebens-Herausforderungen ein, bei denen man nicht weiterweiß. Wenn man gefragt wird, ob man eigentlich den Durchblick in seinem Leben hat, dann fällt die ehrliche Antwort „Nein" manchmal gar nicht so leicht. Denn das bedeutet, dass man zugeben muss: „Ich komme allein nicht weiter. Ich könnte etwas Hilfe gebrauchen." Es braucht Mut, ehrlich zu sein, nach dem Weg zu fragen, sich selbst einzugestehen: „Nein, ich bekomme nicht alles allein auf die Reihe."

Der Äthiopier in der Geschichte merkt: Da ist jemand, der ihn ein Stück auf seinem Weg im Glauben begleitet. Da ist ein Mensch, dem er seine Fragen stellen kann. Und er nutzt diese Chance und fragt: „Um was geht es eigentlich? Hat dieser Text etwas mit mir zu tun?"
Philippus erzählt ihm von Jesus und der Liebe Gottes zu den Menschen. In dem offenen Gespräch mit Philippus wird dem Mann aus Äthiopien klar: „Der Gott, an den ich glaube, kommt mir in Jesus ganz nah. Das ist tatsächlich eine gute Botschaft. Darauf kann und will ich mein Leben aufbauen."

Sicher sind damit nicht alle Fragen beantwortet. Vermutlich bleibt manches Fragezeichen-Gefühl bestehen. Und doch hat sich etwas Grundlegendes verändert: Beim Lesen des alten Buches und im Gespräch mit Philippus ist der Äthiopier Jesus begegnet. Und als Zeichen dafür lässt er sich taufen und setzt seinen Weg voller Freude fort.

Überleg mal:

› Was sind deine Fragen an Gott und den Glauben?
› Wer kann so ein „Philippus" für dich sein? Wer begleitet dich auf deinem Weg?
› Wo ist dir beim Lesen der Bibel und im Gespräch mit anderen schon einmal Jesus begegnet?

FREIHEIT?!

Stephanie Schwarz

Von der Befreiung und Gottes Gegenwart
Apostelgeschichte 16,23-40

Erst lesen, wenn es unten im Text steht!

Freiheit wird auch als die Möglichkeit verstanden, sich ohne Zwang zwischen unterschiedlichen Möglichkeiten entscheiden zu können. Wir leben zum Glück in einem freien Land und sitzen vermutlich auch gerade keine Gefängnisstrafe ab. Und doch können wir gefangen sein, zum Beispiel in dem nicht aufhörenden Streit zuhause. Die Angst zu versagen oder das Wissen, nicht geliebt zu sein, kann uns auch unfrei machen. Auch übergroße Sorgen, Hass oder zu wenig Geld können zum Gefängnis werden. Das Leben ist (leider) kein „Ponyhof". Und selbst wenn man an Gott glaubt, scheint nicht jeden Tag die Sonne.

In der Bibel gibt es eine tolle Geschichte über diese widersprüchliche Erfahrung:

Lies Apostelgeschichte 16,23-40.

› Wo geht es in dem Text um Freiheit?
› Wie ist das bei dir: Gibt es etwas, das dir die Luft zum Atmen nimmt und dich unfrei macht?

Paulus und Silas sind im Gefängnis, obwohl sie für und mit Gott unterwegs sind. Da ist von Freiheit nichts zu sehen. Nur Dunkelheit und Angst. Selbst Gott, der doch für sie sorgen sollte, scheint sich rauszuhalten oder glänzt durch Abwesenheit. So jedenfalls fühlt es sich vermutlich für die beiden an.

Und trotzdem regt sich dort, mitten in dem dunkeln Gefängnis, im hintersten Raum, die Freiheit. Paulus und Silas, voll blauer Flecke, die Hände und Füße in einen Holzblock gefesselt, holen sich ihre Freiheit zurück.

Ihnen wird klar: Ja, das Leben ist ungerecht. Sie sind unschuldig gefangen und können sich nicht wehren. Doch sie können bestimmen, worauf sie sich jetzt konzentrieren. In ihrem Herzen und Willen sind sie frei. Sie können entscheiden, worauf sie schauen und an wen sie glauben.
Und so beten und singen sie. Vermutlich klingen Paulus und Silas am Anfang noch zaghaft und krächzend. Und trotzdem entscheiden sie sich, auf Gott zu schauen. Ohne zu wissen, wie ihre Geschichte am Ende ausgehen wird.

Was für ein unglaublicher Freiheitsmoment! Fast wunderbarer, als das Erdbeben, das danach kommt und sie aus dem Kerker befreit. Und dieser Freiheitsmoment zeigt uns ein Beispiel, eine Möglichkeit für unsere eigenen dunklen Zeiten: Wenn wir keinen Ausweg mehr sehen, wenn wir aller Möglichkeiten beraubt sind, dann können wir immer noch wie Paulus und Silas unseren Blick auf Gott richten.

Das ist übrigens keine Frage des Gefühls, sondern es ist eine Entscheidung
Es ist eine Gelegenheit, selbst zu entscheiden, worauf ich meinen Blick richte: Auf meine schwierige Situation oder darauf, dass Gott trotz allem an meiner Seite ist. Denn das ist er – auch wenn ich es nicht immer spüre.

In Zeiten, in denen du gefangen bist, kannst du auf Gott schauen, der dich liebt. Probier es aus und bete zu dem, der sagt: „Ich sehe dich! Du bist wertvoll für mich. Ich bin an deiner Seite."

GELIEBT?!

Stephanie Schwarz

Von Gottes Liebe
Römer 8,12-17.31-39

Erst lesen, wenn es unten im Text steht!

Stell dir vor du triffst eine Person, die gar nichts über dich weiß. Welche Informationen würdest du dieser Person über dich erzählen? Was gehört auf jeden Fall zu dir? Wer oder was hat dich geprägt?
Vermutlich wirst du auch über deine Familie reden. Vielleicht begeistert, vielleicht mit Schmerz. Doch unabhängig davon, wie unsere Familienerfahrungen sind, Fakt ist: Wir sind das Kind von jemanden. Von unseren leiblichen Eltern haben wir viele Anlagen in die Wiege gelegt bekommen. Von ihnen oder unseren Bezugspersonen, bei denen wir als Kind aufwuchsen, wurden wir geprägt; manchmal hilfreich, manchmal weniger.

Über die Frage „Wer bin ich?" schreibt Paulus in seinem Brief an die Gemeinde in Rom.

Lies Römer 8,12-17.

? › Was macht uns als Christinnen und Christen aus?

Paulus ist da ganz klar: Wer an Jesus Christus glaubt, ist ein Kind Gottes, und bekommt sowas wie Gottes DNA. Der Geist Gottes lebt und wirkt dann in diesen Menschen. An manchen Tagen zeigt sich das ganz deutlich, an anderen Tagen wiederum ist sie eher verschüttet. Aber sie ist da. So wie auch die biologische DNA Menschen formt und mit darüber bestimmt, wie sie sind.

Christinnen und Christen erkennt man daran, dass sie zu Gott, dem Schöpfer der Welt, „Abba, Vater" sagen. Ganz so, wie ein Kind zu seinen Eltern. An manchen Tagen vielleicht freudestrahlend, an anderen Tagen eher bockig. Aber immer in dem Wissen: Ich bin ein Gotteskind. Sowohl an leichten, wie auch an schweren Tagen bin ich sicher und geliebt bei meinem himmlischen Vater.

Das Wort Liebe ruft eine große Bandbreite an Gefühlen, Bildern und Erinnerungen hervor. Himmelhoch jauchzend, glückliche Erinnerungen und Lieblingsmenschen auf der einen Seite der Skala; Verletzungen, Missbrauch und gebrochene Herzen am anderen Ende. Mit dem Wort Liebe sind all diese widersprüchlichen Erfahrungen verbunden.

Auch in unserer Gottesbeziehung kann es diese Bandreite geben: Gebetserhörungen, Glück im Lobpreis und das tiefe Wissen, dass Gott da ist einerseits; andererseits aber auch die Erfahrung, dass es mehr Fragen als Antworten gibt, Enttäuschungen und vielleicht auch das Gefühl, bloß ein übersehenes Stiefkind Gottes zu sein.

Diese ganze Bandbreite an Liebes-Erfahrungen gibt es. Und es gibt Liebes-Worte, die Gott seinen Kindern zuspricht. Paulus hat im Römerbrief eine Liebeserklärung Gottes aufgeschrieben. Es lohnt sich, sie immer wieder zu lesen und zu hören, damit wir nicht vergessen: Alle Liebes-Erlebnisse unseres Lebens – die herrlichen und die furchtbaren –, alle schmerzhaften Fragen und faszinierenden Gebetserhörungen sind gehalten von Gottes großer, unwandelbarer Liebe zu uns, seinen Kindern.

Nimm dir Zeit und lies für dich die Worte aus Römer 8,31-39. Ein Tipp: Lies dir diesen Text laut vor. Das lohnt sich wirklich sehr! Und wenn du magst, dann ersetze die Worte „uns" mit „mich" oder „mir" – denn du bist gemeint.

SPOILER!

Stephanie Schwarz

Achtung Interview!

bumlnk.de/
bej-spoiler

Von der Sehnsucht nach Happy Ends
Offenbarung 21,1-7 und 22,1-5

Lies Offenbarung 21,1-7 und 22,1-5.

› Wie spoilert Gott in diesem Text?

Was für ein herrliches Happy End! Alles ist gut geworden. Wer wünscht sich das nicht? Selbst diejenigen, die nicht auf leichte Hollywood-Filme stehen, haben in der Realität sicher nichts gegen ein gutes Ende.

Menschen träumen davon, dass Angst und dunkle, hoffnungslose Nächte aufhören. Sie träumen davon, dass jemand die Ungerechtigkeit der Welt beendet. Sie träumen vom Ende von Not, Gewalt und Schmerz. Wie herrlich wäre das, wenn es ein gutes Ende für alle offenen Fragen, für alles Leid und alle Ungerechtigkeit gäbe!

So unglaublich das ist – genau davon spricht Johannes: Gott wird einmal alles neu machen. Es wird eine neue Erde und einen neuen Himmel geben, traumhaft schön und umwerfend cool. Dort wird Gott jede Träne abwischen und alles zu einem komplett guten Ende bringen. Dann wird es keinen Tod, keine Trauer, kein Klagegeschrei und keinen Schmerz mehr geben. Denn in dieser neuen Welt ist Gott selbst anwesend und zum Anfassen nah.

Leben, Heilung, Licht und Schönheit sind nur ein paar der Wörter, mit denen Johannes versucht, dieses unglaubliche Happy End zu beschreiben.

Gott spoilert also. Er hat Johannes das Ende dieser Welt sehen lassen, damit er uns davon erzählen kann. Gott wollte, dass wir über das Ende Bescheid wissen – wie wenn er uns das Ende eines Filmes verraten würde.

Aber warum macht er das? Vertröstet er die Menschen oberflächlich auf das Jenseits, damit sie Ruhe geben?
Nein, das Gegenteil ist der Fall: Das gespoilerte Ende soll uns die Angst nehmen. Es soll uns Kraft und Mut zum Handeln geben! Es stimmt, beim Filmschauen mögen nicht alle das Spoilern. Doch in der Wirklichkeit macht es Mut, wenn man weiß, dass am Ende Gerechtigkeit, übersprudelndes Leben und Glück warten.

Deshalb wird die Offenbarung, so unverständlich sie sich manchmal anhört, als Trostbuch bezeichnet, denn sie führt aus, was Jesus in Matthäus 28,20 schon gesagt hat: „Ich bin bei euch alle Tage bis an der Welt Ende."
Johannes macht uns bewusst: Egal, was gerade passiert – wer sich von Jesus halten lässt, für den wird am Ende alles gut. Und selbst wenn es uns vielleicht manchmal anders erscheint: Gott lässt sich die Zügel nicht aus der Hand nehmen!

Dieses Wissen lädt uns ein, unser Leben heute hoffnungsvoll zu leben. Denn: Wer weiß, dass am Ende ein „Happy End" wartet, kann mutiger leben. Wer weiß, dass sie oder er auf jeden Fall am Ende übersprudelndes Leben, Schönheit und Freude erleben wird, braucht nicht mehr alles aus dem jetzigen Leben herauszupressen. Und wer sich sicher ist: „Ich bin von Gott gehalten.", kann sich freigiebiger für andere Menschen einsetzen.

Wo kannst du heute in deinem Umfeld durch Taten und/oder Worte das Leben für andere etwas schöner oder leichter machen, sodass für sie vielleicht jetzt schon etwas von Gottes neuer Welt erlebbar wird?

Themenseite:

BIBEL – UND JETZT ?!

Wie lese ich die Bibel

und wie kann es weitergehen?

Wie lese ich die Bibel?

Eine Frage der Zeit

Je nachdem, wie viel Zeit du für's Bibellesen hast, sind unterschiedliche Schwerpunkte sinnvoll:

- **5 Minuten Zeit?** Wenn du nur ein paar Minuten Zeit hast, wähle einen kurzen Abschnitt aus den Evangelien oder einen Psalm. Der Clou ist, nicht die ganze Zeit mit Lesen zu verbringen. Nimm dir Zeit, um zu verarbeiten, was du gelesen hast – z. B. in Gedanken oder auf kreative Weise.
- **15 Minuten Zeit?** In dieser Zeit kannst du ein ganzes Kapitel lesen. Fang am besten nicht mittendrin an, sondern am Anfang eines Buches. Vor dem Lesen könntest du ein Gebet sprechen. Wenn du das Kapitel gelesen hast, halte eine Minute lang inne. Lies den Text dann ein zweites Mal. Unterstreiche dabei Verse, halte Fragen fest oder kritzle etwas. Du kannst dich auch fragen, was der Text für dich bedeutet.
- **30 Minuten Zeit?** Wenn du etwas mehr Zeit hast, lies mehrere Kapitel hintereinander oder vertiefe ein Kapitel / einen Vers. Nimm dir Zeit, um den Text zu befragen und zu verstehen. Du könntest auch versuchen, einen Vers auswendig zu lernen oder über eine Stelle zu meditieren: Wiederhole sie mit geschlossenen Augen immer wieder, betone einzelne Wörter und lass das Gesagte nachklingen.

Eine Frage des Typs

So viele unterschiedliche Menschen es gibt, so unterschiedlich sind auch die Möglichkeiten, deine Bibellesezeit zu gestalten:

- **Du bist gern kreativ?** Schwing den Pinsel, male, kritzle, mach die Seiten bunt. Verziere wichtige Verse und fülle den Platz nach deinen Vorstellungen.
- **Du bist eher nachdenklich?** Nimm dir Zeit und geh deinen Gedanken nach. Nutze den freien Platz am Rand, um sie beim Lesen festzuhalten, oder schreib sie in ein Notizbuch.
- **Du bist gern aktiv?** Wie wär's, wenn du die Bibel mitnimmst? Du musst sie nicht zu Hause lesen. Nimm sie mit an verschiedene Orte und lies sie dort.
- **Du magst den Austausch?** Die Bibel liefert viel Stoff zum Reden! Wie wär's, wenn du dich mit einer Gruppe zum Bibellesen triffst? Die Bibel gemeinsam zu entdecken, ist besonders spannend.
- **Du findest dich in allem wieder?** Gestalte deine Bibellesezeit so, wie du möchtest. Das kann je nach Stimmung anders aussehen. Es gibt kein Richtig oder Falsch!

Eine Frage des Geschmacks

Wenn du nicht weißt, wie du dich der Bibel nähern sollst – hier sind ein paar Tipps, um einen Zugang zu finden:

- **Das Leben von Jesus** gibt es im Markusevangelium im Schnelldurchlauf. Du musst aber nicht alles auf einmal lesen!
- **Kleine Weisheitshappen** für zwischendurch findest du in den Sprichwörtern.
- **Einen poetischen Einstieg** bieten dir die Psalmen, in denen es oft um Gefühle geht. Starte z. B. mit Psalm 23.

Wie kann es jetzt weitergehen?

Tag 1: Lukas 1–2

Tag 2: Johannes 1,1-18

Tag 3: Lukas 4,14-44

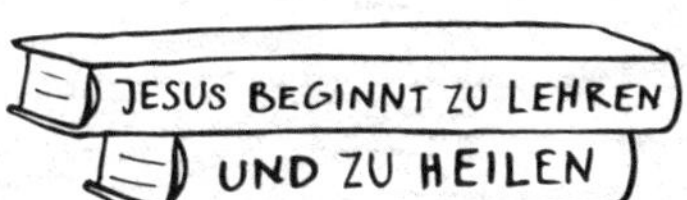

Tag 4: Matthäus 5–6

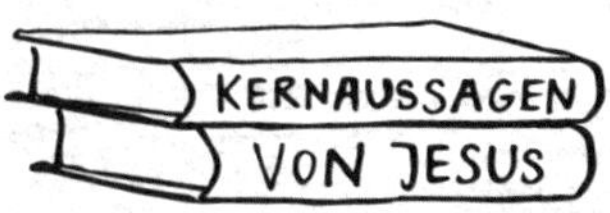

Tag 5: Johannes 3

Tag 6: Johannes 5

Tag 7: Johannes 15

Tag 8: Matthäus 26–27

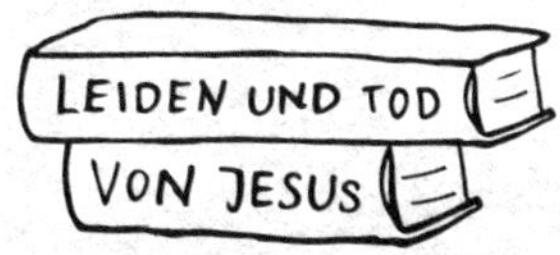

Tag 9: Johannes 20; Lukas 24

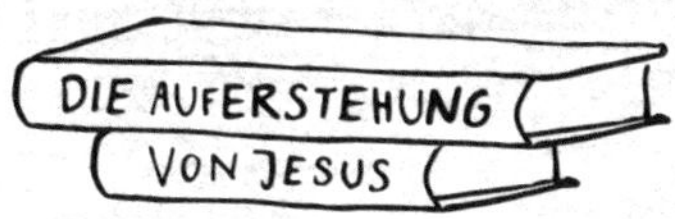

Tag 10: Apostelgeschichte 2

Unter dem Link **www.die-bibel.de/kreativedition** findest du Videos zu diesem Bibelleseplan. Falls du gern einen ausführlicheren Bibelleseplan hättest, findest du unter dem Link **www.die-bibel.de/bibeln/hilfen-zum-bibellesen/bibelleseplaene** eine Auswahl verschiedener Bibelleseplläne.

Anhang

HERAUSGEBERIN UND HERAUSGEBER

Dieter Braun: Fachlicher Leiter im Evangelischen Jugendwerk in Württemberg, Stuttgart. „Die Bibel ist das faszinierendste Buch, das ich kenne. Sie überrascht mich ständig aufs Neue. Und manchmal ist es, wie wenn Gott plötzlich zwischen den Zeilen mit mir zu reden beginnt."

Stephanie Schwarz: Landesreferentin im Evangelischen Jugendwerk in Württemberg, u. a. im Bereich „Schülerinnen- und Schülerarbeit". „Es begeistert mich, allein und gemeinsam mit anderen Entdeckungen in der Bibel zu machen. Besonders genial finde ich es, wenn ich merke, dass die Bibel tatsächlich mit meinem Leben zu tun hat."

AUTORINNEN UND AUTOREN

Christian Bernard: Jahrgang 1985, CVJM-Landesreferent im Evangelischen Jugenwerk in Württemberg. „Ich liebe es, in der Bibel zu lesen, weil ich so Gottes Wesen, seinen Herzschlag und seine Geschichte mit uns Menschen besser kennenlerne."

Lea Garbers: Gemeindepädagogin im Kirchenkreis Berlin Stadtmitte. „Ich finde toll, dass die Bibel eben nicht buchstäblich zu lesen ist, sondern meditiert, bebetet, ja zerkaut werden will und dann so richtig Wucht entfaltet."

Sara-Carina Hofmann: Jahrgang 1995, Leiterin der CVJM-Gemeinde checkpointJesus in Erfurt. „Ich habe zwar nicht immer Bock auf Bibellesen, aber ich erlebe, wie Gott durch die Bibel mit mir spricht und ich ihn erleben kann."

Maximilian Mohnfeld: Jahrgang 1993, Landesreferent für Jugendevangelisation und Jugendgottesdienste im Evangelischen Jugendwerk in Württemberg. „Ich lese die Bibel nicht, weil es zum frommen Pflichtprogramm gehört, sondern im Lesen der Bibel schenkt Gott mir immer wieder heilige Momente mit ihm."

Christoph Müller: Jahrgang 1983, Referent für den EC Niedersachsen im Landesjugendpfarramt Hannover. „Es freut mich zu sehen, wenn Menschen ihre Gaben und ihre Berufung entdecken, die Gott in sie hineingelegt hat."

Lena Niekler: Jahrgang 1989, Bundessekretärin im CVJM-Westbund, wissenschaftliche Mitarbeiterin an der CVJM-Hochschule Kassel. „Beim Bibellesen entdecke ich Gottes Geschichte mit uns Menschen, werde herausgefordert und ermutigt."

Benjamin Nölke: Jahrgang 1986, Bezirksjugendreferent im EJW Waiblingen. „In der Bibel finde ich Geschichten zu Heldinnen und Helden meiner Kindheit, z. B. Ester, David oder Petrus. Sie begleiten und bewegen mich als Vorbilder bis heute."

Simon Trzeciak: Jahrgang 1994, CVJM-Sekretär in der Lebenshausarbeit des CVJM Baden. „Die Bibel hat etwas mit meinem Leben zu tun. Ich lerne Jesus kennen, wie er ist und wie er mit mir umgeht. Das fasziniert mich."

buch+ musik

Björn Büchert, Katharina Haubold, Florian Karcher (Hg.)

TheoLab

THEOLOGIE FÜR NICHTTHEOLOGEN

Gott. Mensch. Welt.

Jesus. Himmel. Mission.

Je 128 Seiten, 12 x 19 cm, kartoniert, mit Sketchnotes, mit Downloads

TheoLab macht Theologie alltagsrelevant, vermittelt theologische Hintergründe und hilft sprachfähig zu werden. Je drei große Fragen zu je drei Themen werden kompakt und gut verständlich von verschiedenen Standpunkten aus beleuchtet.

Tobias Kenntner, Christoph Schneider (Hg.)

Beziehungsweise

Journal

80 Seiten, 14,8 x 21 cm, geheftet, durchgehend farbig

Das BEZIEHUNGSWEISE JOURNAL hilft, auf Beziehungen im Leben zu achten. Es stellt Fragen und Übungen zur Orientierung. So schafft es Achtsamkeit für Beziehungen im Leben. Neben den Fragen und Übungen gibt es viele freie Seiten, um eigene Gedanken festzuhalten.

Samuel Holzhäuer, Christoph Schneider, Aleko Vangelis

Lebensweise

Workbook für Jüngerschaft

96 Seiten, 14,8 x 21 cm, geheftet, durchgehend farbig

Das LEBENSWEISE WORKBOOK unterstützt darin, die Lebensweise Jüngerschaft Schritt für Schritt kennen und anwenden zu lernen. Es bietet praktische Hinweise zum Starten und Leiten einer Jüngerschaftsgruppe sowie vier grundlegende Lebensweisen für die Umsetzung in der Kleingruppe.

buch+ musik

ejw-service gmbh
Haeberlinstraße 1–3
70563 Stuttgart-Vaihingen

Tel.: 0711 9781 - 410
Fax: 0711 9781 - 413

buchhandlung@ejw-buch.de
www.ejw-buch.de

Als Buch erhältlich — Als E-Book erhältlich